本书为教育部人文社会科学研究青年基金项目"生态批评发展进程中的生命共同体思想研究"(项目批准号:20YJC752010)研究成果、山东建筑大学博士科研基金项目"生态批评的历史流变研究"(项目批准号:X21058Z)研究成果

生态批评中的生命共同体思想研究

刘娜 著

山东友谊出版社·济南

图书在版编目（CIP）数据

生态批评中的生命共同体思想研究 / 刘娜著. -- 济南：山东友谊出版社，2025.8. -- ISBN 978-7-5516-3653-7

Ⅰ.I06

中国国家版本馆CIP数据核字第2025RX7524号

生态批评中的生命共同体思想研究
SHENGTAI PIPING ZHONG DE SHENGMING GONGTONGTI SIXIANG YANJIU

责任编辑：张亚欣
装帧设计：刘一凡

主管单位：山东出版传媒股份有限公司
出版发行：山东友谊出版社
　　　　　地址：济南市英雄山路189号　邮政编码：250002
　　　　　电话：出版管理部（0531）82098756
　　　　　　　　发行综合部（0531）82705187
　　　　　网址：www.sdyouyi.com.cn
印　　刷：济南乾丰云印刷科技有限公司

开本：710 mm×1000 mm　1/16
印张：14.25
字数：150千字
版次：2025年8月第1版　　印次：2025年8月第1次印刷
定价：76.00元

序

为自己的学生作序，总是一件深感欣慰的事情：为学生的勤奋上进而欣慰，为学生的学术进步而欣慰，为师生的情义与时加深而欣慰。

刘娜2015年到2020年在我的指导下攻读博士学位，博士论文的题目是我为她设计的《生态批评关键词环境公正及其批评实践研究》。我设计这个题目是基于如下两点考虑：第一，刘娜的教育背景。她本科和硕士都就读于山东大学外国语学院，英语水平优异，对英美文学很熟悉——生态批评是针对文学作品展开的批评形态，熟悉文学作品及其解读方式是批评的前提。第二，我当时正在思考的问题和研究的课题。我虽然主要关注生态美学建构，但自2004年也开始关注生态批评，此后一直努力梳理西方生态批评的发展历程。2013年3月初，美国加州整合研究学院临床心理学教授道格拉斯·A. 瓦科赫（Douglas A. Vakoch）先生给我发来邮件，邀请我加入其"生态批评的理论与实践"丛书编委会，该丛书由美国列克星顿图书出版社出版。6月初，我又收到了该丛书编委、美国中佛罗里达大学英语系帕特里克·D. 墨菲（Patrick D. Murphy）教授的邮件，邀请我与他共同主编这套丛书中的《中国生态批评的根枝叶》一书，目的是向西方学术界介绍中国生态批评。2016年7月，山东大学文艺美学研究中心填报了《高校人文社会科学重点研究基地"十三五"重大项目总体规划论证书》，确定的主攻方向是"文艺美学研究与中国当代生态文明建设"，共包含五个重大项目，其中第四个"生态批评的理论问题及其中国化研究"由我担任负责人。正是基于上述背景，我觉得从头绪纷繁的生态批评学科领域中挑选一个关键词来进行研究非常有必要。刘娜没有辜负我的期望，经过五年的不懈努力，其毕业论文三份外审都获得了"优秀"，她顺利通过答辩，获得了博士学位。

通过博士论文的撰写，我觉得刘娜基本上掌握了学术研究的要领，那就是在广泛搜集相关文献的基础上提炼关键词进行深入探讨。遵循这个科研要领，刘娜于2020年成功申请了教育部人文社会科学研究青年基金项目"生态批评发展进程中的生命共同体思想研究"（项目批准号：20YJC752010），将其学术研究的关键词从"环境公正"拓展到了"生命共同体"。这本书就是这个项目的最终成果。

本书从整体上把握生态批评自1978年正式诞生以来的发展进程，并在此基础上提出，生态批评依次围绕"生态中心主义""环境公正""跨文化"和"新物质主义"四个关键词形成了各具特色的主流趋势。这个论断为千头万绪的生态批评学术研究理出了清晰的脉络，划出了清晰的发展阶段。本书系统地探究了生命共同体思想在生态批评四个发展阶段的具体呈现、内涵及其演变，突出生命共同体思想对生态批评的指导作用。我觉得这个学术思路把握了生态批评的要害，因为生命共同体是一个真问题、好问题、大问题：它来自生态学，具有极强的科学性，奥尔多·利奥波德在《沙乡年鉴》中就针对这个关键词提出了著名的"大地伦理"（Land Ethic）；它具有很强的拓展性，可以广泛进行跨学科融合，比如与生态伦理学、生态美学等相协同，从伦理共同体和审美共同体的角度展开分析研究；它具有鲜明的价值引领性，比如引领我们思考并关注"人类命运共同体"，从生命共同体生态批评走向人类命运共同体生态批评，从生命共同体生态美学走向人类命运共同体生态美学。

根据上述思路，本书第一章围绕"生态批评与生命共同体思想"展开，具体分析阐述了生态批评产生的时代背景、思想基础、概念定义、研究主题、浪潮划分等。第二章探索"生态中心主义浪潮中的生命共同体思想"，对生态批评中的植物景观、动物伦理、作为单纯自然代表的荒野与田园意象进行了解读，显示出生态批评作为以地球为中心的文学研究方法在破除人类中心主义桎梏上付出的努力。第三章聚焦"环境公正浪潮中的生命共同体思想"，剖析生态批评从关注单纯自然到关注物质环境的转变、生态批评研究与环境公正思想会通的背景和结果，以及这一阶段的代表性概念"慢暴力"和"毒性话语"。第四章分析"跨文化浪潮中的生命共同体思想"，从地方意识和生物区域主义开始，生态批评突破地域环境保护的局限，在这次浪潮中与全球化、世界主义和星球意识联系起来。第五章研究"新物质主义浪潮中的生命共同体思想"，从物质生态批评的生成与概观谈起，揭示新物质主义与生态后现代主义给生态批评带来的巨大影响。第六章关注"构建中国特色的生态批评体系"，在梳理我国生态批评发生发展及一些较有影响的学术成果的基础上，探究在我国当前共建生态文明的时代中生态批评何为的问题，以及面对西方先行的学术资源，如何结合中国传统生态思想、现代生态文学创作、少数民族生态智慧连同当下生态文明建设的时代政策与氛围，守正创新，发展出具有中国特色的生态批评理论体系的问题，进一步将生命共同体思想在生态批评中发扬光大。由此可见，本书思路清晰，结构完整，层次合理，创新性强。

当然了，老师给自己的学生作序，通常都难免出于偏爱而有溢美之词。我想，即使真的有溢美之词，那也是为了鼓励学生更上层楼。更何况，我在写上面这些话的时候，不断地提醒自己尽可能地客观、尽可能地公正。至于我是否做到了客观公正，就要请读者诸君根据本书的实际学术水平来判断了。

程相占
2025 年 7 月

前言

生态批评是在当代生态危机日益严重、生态运动蓬勃发展的背景下，文学与文化研究的绿色化。1972 年，约瑟夫·W. 米克（Joseph W. Meeker）创造性地采用跨学科方式将文学与生态学连接起来，称这种研究为"文学生态学"。威廉·鲁克尔特（William Rueckert）1978 年正式提出"生态批评"一词，成为这个研究领域的真正发端，生态批评由此诞生并逐渐形成一个包容、开放、系统的批评体系。生态批评在发展进程中始终秉持绿色、和谐的观念，对于文学中的人、动物、自然、环境等生命共同体要素有着独特视角下的解读。进入 20 世纪 90 年代之后，大量生态批评著作、论文的出版和发表昭示着这个学术领域迎来了成熟发展的时期。这一时期也出现了生态批评的专业学会与刊物，例如，1992 年，美国文学与环境研究学会（Association for the Study of Literature and Environment）成立，这是一个国际性的生态批评学术组织，该组织定期举办学术年会，并于 1993 年出版了会刊《文学与环境的跨学科研究》（Interdisciplinary Studies in Literature and Environment），创刊至今已出版了 32 卷 95 期，内容包括生态批评的热点对象、理论前沿等，为全世界的生态批评研究者提供了学术交流的阵地。

生态批评的发展迄今已近50年，生命共同体思想浸润在生态批评的方方面面，是贯穿生态批评发展进程的重要线索，其思想内涵和伦理意义为人与自然之和谐相处与亲近共生提供了思想指导。作为对回避现实生态危机的文学批评理论之反拨，生态批评全面深入地考察生态危机的文化根源，表现出宽广宏阔的学术视野和跨学科、跨文化的学术活力。

生态批评在临近世纪之交时摆脱了理论困境，从发展初期的寂寂无声转变为声名渐起的状态。此前的生态批评认为，人类中心主义是造成生态危机的思想根源，因而坚定地主张生态中心主义立场，坚决地反对人类中心主义。正是在这一阶段，生态批评认为人类只是生命共同体的成员之一，如同动物、植物、土地等一样，并不凌驾于其他物种之上。这种思想转变的贡献在于，它消解了长久以来人类面对自然的自大心理和傲慢态度，促使人们意识到人与自然须臾难离且共生共荣。

但是随着学术的发展，早期生态批评的生态中心主义立场开始遭到了广泛非议，这既是出于不同流派之间的分歧争端，也是因为该立场过于悬空而脱离实际。生态批评对深层生态学思想的过于倚重，使它对荒野与自然的抽象研究脱离了社会现实，因此频频受到来自环境公正活动家和环境人文学者的诸多批判。通过结合历史文化语境与现实理论实践，生态批评学者们进而意识到，纯粹的人类中心主义观点过于忽视人类之外的所有存在，纯粹的生态中心主义观点又过于理想化而虚无缥缈，两种立场都不能实现生态批评立足社会现实去实现生态理想的学术目标。环境公正运动为生态批评提供了理论结合实践的契机，生态批评学界借鉴了环境公正思想，促使生态批评的理论立场从生态中心转向了环境公正，这次转型可以说是生态批评发展进程中的一个重要里程碑。

环境公正思想的萌发促使生态批评从生态中心主义的第一波浪潮转而进入环境公正的第二波浪潮，把目光投向人类社会内部存在的多样化环境不平等状况，开始关注人类这个宽泛概念中包含的各种环境弱势群体，如穷人、女人、土著、有色人种、欠发达地区的居民，等等，这些群体享有的环境境遇各不相同，承担的环境风险差异巨大。对环境公正的关注也使生态批评与环境伦理学产生了更多的牵绊。共同体思想在这一阶段的进展表现为生态批评围绕不成比例的环境权益与环境风险，对同为生命共同体成员的人类进行了内部细化的研究。

伴随全球化的第三次浪潮出现，生态批评的跨越性空前地显现出来，跨学科、跨文化、跨地域甚至跨文明，全球化的生态问题需要生态批评全球化的学术视野。生态批评也从以英美为主要学术阵地转而在世界范围内开枝散叶，越来越多的来自世界各地的学者开始以生态批评为研究利器，根据自己所处地域的文化背景、历史传承、民族记忆、环境现状等具体情况，向世界学界传达富有特性的声音，为生态批评绘就了丰富多彩的学术长卷，形成了众声喧哗的多声部效果，生态批评也因此更加多元、综合、动态。生命共同体是全球相连的共同体，自然是牵一发而动全身的物质世界。

由于受到新物质主义与生态后现代主义的影响，生态批评形成了第四次浪潮，即新物质主义浪潮。从微观到宏观，物质的活力使生态批评研究的一切对象都具象化了，一切物质都是鲜活的、无与伦比的，能动性也并非仅为人类所有，物质的叙事和物质的意义冲击着生态批评学者的思想。一切都是物质，物质表达一切。生态批评的新物质主义观点使生命共同体呈现出前所未有的客观性，各类生物、各个物种、各种物质，全都平等、互动地存在于生命共同体中，共同构成了我们赖以生存的物质世界。

纵观生态批评的发展进程，它围绕"生态中心主义""环境公正""跨文化"和"新物质主义"这四个关键词，形成了各具特色的主流趋势。无论从研究广度还是研究深度来说，都可以称得上是取得了长足进步。从事生态批评研究的学者们在探讨文学与环境之间的关系时，也从各种环境思潮中汲取启示和资源。学者们以生态整体主义作为思想基础，透过多元文化视野审视文学、文化甚至艺术与环境之间的关系，探寻既能兼容生态议题与社会公正议题，又能引导人类走出环境危机的多元文化路径。生态批评的研究对象日益丰富，批评范式愈发多元，与环境人文学科其他分支的联系也更加复杂。从本土到全球，从文本到实践，生态批评的蓬勃发展推动了应对全球生态危机的绿色潮流，它扭转了以往文学批评只关注内部研究的趋向，把外部研究也包括进来，力求连接文本与现实、理论与实践，成为世界学术舞台上文学和文化研究领域具有显著影响力的热点学派。

本书系统地探究了生态批评发展进程中生命共同体思想在不同时期和语境里的具体呈现、内涵及其演变，突出生命共同体思想对生态批评的指导作用。具体来说，本书包括前言、正文六章及结语。

第一章围绕"生态批评与生命共同体思想"展开，具体分析阐述生态批评产生的时代背景、思想基础、研究主题、浪潮划分等，考证共同体的概念。"近代环保之父"奥尔多·利奥波德（Aldo Leopold）提出的"大地伦理"中就有对生物共同体的明确表述，这促进了生态批评中共同体意识的生发。无论在文学与文化研究领域，还是在生态实践活动中，地球作为一个共同体的意识以各种形式显露出来。生态批评向生态学、环境史学、环境伦理学等学科借鉴，深化了对于生命共同体的认识，在理论研究和实践行动上都取得了较为丰硕的成果。《地球宪章》和《地球母亲法》等文件纲领的确立标志着共同体意识已然在环境实践中落地生根。生态批评在"人类世"中愈发关注生物多样性问题，把保护地球生态作为一项神圣的使命和必须的任务。除了关注自然在文本中的呈现，生态批评还积极探索自然的内涵，不断寻找新的伦理观来消除人与自然的疏离，以及自然与文化的分立，这些为生命共同体的构建提供了合理依据。

第二章探索"生态中心主义浪潮中的生命共同体思想"，对生态批评中的植物景观、动物伦理、作为单纯自然代表的荒野与田园意象进行了解读，显示出生态批评作为以地球为中心的文学研究方法在破除人类中心主义桎梏上付出的努力。在这一阶段里，它对人与非人关系的重视表现在对自然书写、浪漫诗歌、荒野叙事的偏好，对人与自然和谐关系的向往助力生态批评在生命共同体意识上更进一步。将植物作为生命主体，赋予动物以权利，承认自然的内在价值，生态批评拒斥了视非人类存在物为人类活动的工具或背景的浅陋，而是凭借源于现实又高于现实的生态想象，以同伴物种的视角去看待植物、动物乃至自然中的存在。对于荒野和田园的推崇表达了生态批评在这次浪潮中对纯真诗意、自然风光的欣赏之情，它以理想乐园的形式来对抗生态困境，扭转人类长期以来在潜意识中对非人物种的压制，承认人与非人或者说人类和自然共同构建一个共享的生态世界，这为生命共同体思想的进一步推行提供了伦理可能。

第三章聚焦"环境公正浪潮中的生命共同体思想"，剖析生态批评从关注单纯自然到关注物质环境的转变、生态批评研究与环境公正思想会通的背景和结果，以及这一阶段的代表性概念"慢暴力"和"毒性话语"。这次浪潮中，生态批评视野中的自然已经从荒野逐渐扩大到郊区和城市，形成城市自然的转变。此前专注于荒野保护与自然书写的生态批评在研究人与自然的关系时，把人类当做一个彼此间全无区别的整体对待，忽视了在人类这个过于宽泛的集合名称里面各种环境弱势群体的存在，而这些弱势群体不公正地承担着环境风险和环境恶果。面向人的环境公正尚未达成，何论面向非人的生态公正？生态批评以此为突破契机，引入来源于环境伦理学的环境公正思想，进而深化了对生命共同体思想的理解，开始关注以往受到忽视的人类弱势群体之环境权益。慢暴力和毒性话语这两个概念，作为生态批评与环境公正思想结合的产物，是新颖独特的生态批评术语，反映出人与物质环境互相作用的事实。生态批评体系中的种族、阶级和性别维度的添加使得生命共同体思想正视人类内部的群体差异而寻求把伦理关怀覆盖到个体和整体，探索如何在人类群体内部通过环境公正诉求来实现人对自然的全面保护。环境公正生态批评秉持理论与实践相结合的学术立场，从批评理论上升到唤醒生命共同体意识的层面，进而促进生态实践。

第四章分析"跨文化浪潮中的生命共同体思想"，从地方意识和生物区域主义开始，生态批评突破地域环境保护的局限，在这次浪潮中与全球化、世界主义和星球意识联系起来。无论是人对"地方"的身体附着和精神依恋，还是人与"地方"万物和谐共生的关系，跨文化态势都影响到"地方"概念，使其与生态批评的主流趋向相互呼应，并映射出全球跨文化视野中的自然。生物区域主义集结了生态与文化的内涵，带给生态批评以整合自然空间、社会活动和文化因素的向度，在更深刻的程度上揭示出人与自然的须臾难离。这一阶段的生态批评以构建区域共同体为起点，以构建全球共同体为最终目标，倾听世界各个角落的生态吁求，其研究范畴不仅包括传统的陆地绿色研究，还打破常规思维开拓出新兴的海洋蓝色研究。星球意识和生态世界主义与生态批评的连通让去中心化、去地域化的环境构想有了更加合理的理论支撑，生态批评跨越地域、语言、文化和民族，对全球物种和全球生态的紧密相关性的认识更加透彻。生态批评的跨文化甚至跨文明发展，使得生命共同体思想的视野进一步扩张，朝向全球一体、海陆相连的方向迈进。

第五章研究"新物质主义浪潮中的生命共同体思想"，从物质生态批评的生成与概观谈起，揭示新物质主义与生态后现代主义给生态批评带来的巨大影响。物质生态批评既关注文本本身，又关注物质在文本中的表现，将物质现实在话语和意义中的表现作为研究重点。人类与非人类共享的物质性、物质的叙事能动性、借由身体讲述故事的跨身体性等，对物质纠缠和物质话语的认识使生态批评前所未有地确定，这个世界是一个"不仅是人类的世界"，地球生命共同体中的所有存在之间充满了复杂的互动和彼此的塑造，因而对"不仅是人类的世界"实施生态关切是构建生命共同体不可或缺的环节。物质生态批评将物质视为文本和叙事场所去发现物质表达的故事，对物质性的强调进一步消解了人类中心主义的偏执，也消除了对人类作为"自我"和外在作为"他者"的错误认知，将人类与这个世界视为生态一体、生命一体的"我们"。无处不在的物质流转解构了自然与文化、主体与客体等的二元对立，使我们重新审视人类与非人类的相互渗透与交融。物质生态批评对物质性的考察更趋近生态平等主义，对人与自然紧密关系的理解表达出其包容多元差异的共同体立场，为实现人与自然和谐共生提供了新的学理依据。

第六章关注"构建中国特色的生态批评体系"，在梳理我国生态批评发生发展及一些较有影响的学术成果的基础上，探究在我国当前共建生态文明的时代中生态批评何为的问题，以及面对西方先行的学术资源，如何结合中国传统生态思想、现代生态文学创作、少数民族生态智慧连同当下生态文明建设的时代政策与氛围，守正创新，发展出具有中国特色的生态批评理论体系的问题，进一步将生命共同体思想在生态批评中发扬光大。我国生态批评需要基于全球化的视野，发展出本土化的理论，与生态美学、生态伦理学等环境人文学科积极联动，汲取有益的思想和理论强化自身建设，并付诸生态实践，以加强生态文学素养、生态审美教育等形式塑造公民的生命共同体思想，培养生态公民，为实现人与自然和谐共生、促进我国生态文明建设贡献积极的力量。

本书的创新之处在于：第一，全面梳理了生态批评自诞生以来的发展进程，对其主流趋势的变化予以重点分析，呈现出生态批评的理论进路逐步深化、学术视野逐步扩大的学科发展图景。第二，以生命共同体思想为立足点对生态批评进行系统性研究，挖掘生命共同体思想在生态批评历次浪潮中的不同细节和样态，从生命共同体思想的理论来源及历时性发展中，梳理、总结生命共同体思想如何推进人与自然的和谐共生，阐释、反思生命共同体思想与其所处语境的关联及其影响。第三，针对我国生态批评理论体系建设的需要，结合当前生态文明发展的时代要求，依靠生命共同体思想展开中国生态批评的发展构想，探索我国生态批评发展的特色方法和路径，以期将生命共同体思想应用于培养国民的绿色审美素养和简约生活方式，以绿色文化理论促进绿色现实发展，从而形成理论与实践相互促进的良性发展局面。

当然，本书虽然致力于综合分析生命共同体思想在生态批评中不断发展与深化的路径样态，但仍然存在很多不足。生态批评的著述浩繁，理论多元，本书难免挂一漏万、考察不周。另外，生命共同体思想尽管是生态批评的思想基础和学科旨归，但这种生态整体主义的学术倾向在很多情境中只是隐晦地表达出来，因而对它的梳理和归纳也可能不够丰富和深入。此外需要说明的是，本书部分章节的内容已在《外国文学》《东岳论丛》《江西社会科学》《中国社会科学报》等期刊报纸上发表，在此对这些期刊报纸表示诚挚的感谢。本书是教育部人文社会科学研究青年基金项目"生态批评发展进程中的生命共同体思想研究"（项目批准号：20YJC752010）研究成果、山东建筑大学博士科研基金项目"生态批评的历史流变研究"（项目批准号：X21058Z）研究成果。

目录

◈ 序 / 1
◈ 前言 / 1

◈ 第一章　生态批评与生命共同体思想 / 1
　　第一节　生态批评的发生与浪潮 / 2
　　第二节　人与自然和谐共生的共同体思想 / 12
　　第三节　生态批评中的"自然" / 27

◈ 第二章　生态中心主义浪潮中的生命共同体思想 / 36
　　第一节　生态批评中的植物景观 / 37
　　第二节　生态批评中的动物伦理 / 45
　　第三节　作为单纯自然的荒野与田园 / 56

◈ 第三章　环境公正浪潮中的生命共同体思想 / 69
　　第一节　从单纯自然到物质环境 / 70
　　第二节　环境公正与生态批评的会通 / 78

第三节　慢暴力与毒性话语　/ 89

◆ **第四章　跨文化浪潮中的生命共同体思想**　/ 99
　　第一节　地方意识和生物区域主义　/ 100
　　第二节　从陆地到海洋：蓝色生态批评　/ 110
　　第三节　星球意识与生态世界主义　/ 119

◆ **第五章　新物质主义浪潮中的生命共同体思想**　/ 129
　　第一节　物质生态批评的生成与概观　/ 130
　　第二节　物质生态批评的核心概念　/ 135
　　第三节　物质生态批评解构二元对立　/ 154

◆ **第六章　构建中国特色的生态批评体系**　/ 160
　　第一节　全球化视野与本土化理论　/ 161
　　第二节　基于文化语境的守正创新　/ 171
　　第三节　构建中国特色的生态批评体系：
　　　　　　理论意义与实践价值　/ 183

◆ **结语**　/ 191
◆ **参考文献**　/ 197

第一章　生态批评与生命共同体思想

生态批评作为一个包容开放的批评体系，兼有文学批评和文化批评的特性，是结合了当代生态思潮的绿色化研究范式。生态批评自诞生至今，历经近50年的发展进程，跨越学科、跨越文化，与其他多种理论交叉融通。它对于探索文学和文化的绿色重构路径、促进生命共同体意识的培养等，产生了不可或缺的作用。生态批评之所以越来越受关注，一方面在于它是对生态危机的综合回应，一方面由于它契合了生态文明的时代要求，更有一方面因为其反思性和建设性相结合的研究体系呈现出蓬勃的学术生长力。生态批评在发展中以人与自然和谐共生的生态整体观为旨归，呈现出生命共同体思想倾向，推动人类中心主义与生态中心主义弥合冲突，并将人文关切、伦理关切与生态关切融为一体。

第一节　生态批评的发生与浪潮

在人类起源至今的历史长河中，自然不断地向人类提供各种资源，使人类得以生存繁衍，同时也频频制造威胁人类的风险。以自然灾害形式体现出的庞大自然力量让人类不断地感受到自身的渺小无助，因而人类依赖自然生存以及抗争自然灾难的行为在历史上交织穿插。19世纪中叶之后，伴随第一次工业化浪潮的出现，过度工业化与人类中心主义思想造成了环境污染、资源枯竭等生态问题，人类行为对生态的影响空前突出。随着近几十年现代科学技术的迅猛发展，人类文明进程的明显增速，连同对自然资源利用的不加节制，在人类活动空前影响地球生态的当下，生态问题层出不穷。人们越来越认识到，物种灭绝和环境破坏等现实危机并不能单纯依靠科学知识得到化解，企图掌控自然、无度攫取自然资源的行径定会招致自然对人类的报复。当生物圈中各个因素不能达成动态平衡之时，人类也就无法奢望稳定的生活秩序。

生态问题在如今人类生存世界中的频发引发生态运动的迭起与环保意识的高涨。尽管对人与自然关系的思考古已有之，但严峻的生态危机使现今的人类别无选择，"这种自然处在危险中的意识催化了19世纪末保护自然的运动和社团的出现，导致了20世纪60年代至80年代期间现代环保主义运动的兴起，并引发了当前对一系列生态危机包括气候变化、海洋酸化和生物多样性丧失的担忧"[1]。这迫使学者们不停追问，文学抑或文化文本能否助益并增进生态意识？如何借助文学与文化研究在敬畏自然的前提下建立人与自然的和谐关系？当此之时，面向文学与文化对象展开的生态批评回应生态危机，以其文学导向作用来挽救这个"濒危的世界"。在生态危机的时代里，"生态批评是解读和研究生态文学的理论视野及方法论。生态批评是当代非人类中心主义生态思潮与文学研究相融合的产物，是文学研究的'绿色转向'。跨学科、跨文化甚至跨文明是生态批评的重要特征"[2]。理论与实践的前瞻性和导向性使生态批评在20世纪90年代之后在英美迅速勃兴，并进而影响到全世界的批评学界。

1972年，《生存的喜剧：文学生态学研究》(The Comedy of Survival: Studies in Literary Ecology) 一书的作者约瑟夫·W. 米克业已探索使用跨学科研究关联文学与生态学的实践。而生态批评的正式诞生则要追溯到1978年，美国学者威廉·鲁克尔特在其文章《文学与生态学：一次生态批评实验》("Literature and Ecology: An Experiment in Ecocriticism")中提出"生态批评"这一术语以反思文学批评理论对现实中生态问题的回避，开创了将文学与环境进行关联研究的新篇章。作为文学和文化研究中立足生态意识的新研究范式，生态批评从美英两国向世界上各个地域逐渐扩展，其理论研究与现实环境运动相融合，形成面向文学与文化的生态观念与批评实

---

[1] Ursula K. Heise, *Imagining Extinction: The Cultural Meanings of Endangered Species*, Chicago: The University of Chicago Press, 2016, p. 6.
[2] 胡志红、何新：《将生态批评写在广阔大地上——胡志红教授访谈》，《鄱阳湖学刊》2022年第2期。

践。先驱学者对人与自然关系的持续探究、对文学与环境关联的不懈求索，不仅使生态批评始终以实践方式努力搭建文学与环境的跨学科融合桥梁，而且作为一个学科在学界迅速发展壮大，将对生态保护的思考发展为一门文学和文化研究中的显学。

在鲁克尔特进行生态批评实验之开创性的尝试中，他通过分析界定文学的性质而将文学的描写与自然的呈现融为一体。在他看来，将生态概念嵌合到以诗歌为代表的文学表达形式中相当具备生态意义，此举表明以生态思想为文学研究中心能沟通文学与生物圈之间的联系，并反映出一个事实，那就是地球上的所有生命共同构成了一个复杂的整体。[1] 生态批评自始至终表现出深切的忧患意识，如切丽尔·格洛菲尔蒂（Cheryll Glotfelty）所言，生态批评及相关研究几乎都出于相同的动机，即"一种我们进入环境极限时代的忧患意识。一个人类行为后果正在破坏地球基本生命支持系统的时代。我们就在那里。要么我们改变方式，要么我们面对全球灾难，在急速奔向世界末日的途中摧毁许多美好、灭绝无数同类物种"[2]。面对影响全球的生态危机，生态批评家们基于生态视角，审视并评估文学和文化文本中人与自然的关系，传达生态审美的价值导向。

1996年，格洛菲尔蒂在其与哈洛德·弗洛姆（Harold Fromm）主编的《生态批评读本：文学生态学里程碑》（*The Ecocriticism*

---

[1] 参见 William Howarth, "Some Principles of Ecocriticism." in *The Ecocriticism Reader: Landmarks in Literary Ecology*, Cheryll Glofelty & Harold Fromm (eds.), Athens: The University of Georgia Press, 1996, p. 69.

[2] Cheryll Glotfelty, "Introduction: Literary Studies in an Age of Environmental Crisis", in *The Ecocriticism Reader: Landmarks in Literary Ecology*, Cheryll Glotfelty & Harold Fromm (eds.), p. xx.

Reader: Landmarks in Literary Ecology）中，较为明确地提出了生态批评的定义，"简而言之，生态批评是文学与物质环境之间关系的研究。正如女性主义批评从性别意识的角度审视语言和文学，而马克思主义批评把生产方式和经济阶级的意识带到文本阅读中一样，生态批评采取以地球为中心的方法进行文学研究"[①]。在格洛菲尔蒂看来，生态批评中频频出现的主题包含以下方面：自然在诗歌中的表达；物质环境在小说情节中的作用；生态智慧价值观在剧作中的呈现；对土地的隐喻如何影响对待土地的方式；自然书写如何才能被描述为一种体裁；地方能否成为继种族、阶级、性别之后的又一批评范畴；男女对自然的书写是否相异；文学素养对人与自然关系的影响；荒野概念的演进；当代文学和大众文化中环境危机渗透的方式和效果；媒体作品中自然观的修辞效果；生态科学对文学研究的影响；科学本身如何被用于文学分析；历史、哲学、心理学、艺术史及伦理学等学科中的文学研究与环境话语之间存在的交叉融合面貌。[②] 总体来看，格洛菲尔蒂的定义再三强调人类文化与物质世界的相互关联和相互影响，认为正是自然与文化之间的相互联系才构成了生态批评的主题。她将生态批评表述为，"作为一种批评立场，立足文学，也立足大地；作为一种理论话语，在人类与非人类之间进行协商……在多数文学理论中，'世界'是社会的同义词，即社会领

[①] Cheryll Glotfelty, "Introduction: Literary Studies in an Age of Environmental Crisis", in *The Ecocriticism Reader: Landmarks in Literary Ecology*, Cheryll Glotfelty & Harold Fromm (eds.), p. xviii.

[②] 参见 Cheryll Glotfelty, "Introduction: Literary Studies in an Age of Environmental Crisis", in *The Ecocriticism Reader: Landmarks in Literary Ecology*, Cheryll Glotfelty & Harold Fromm (eds.), pp. xviii-xix.

域。生态批评将'世界'的概念扩展到包括整个生物圈"①。

通过以上论述,生态批评在其定义与研究主题中非常明显地表达出"以地球为中心"、专注考察"文学研究与物质环境之间的关系"、将实现"人与非人"生命及"物质世界"的和谐共生视为学科责任的理念。在一方面立足文学,一方面立足大地的基础上,生态批评承认"整个生物圈"作为人的栖居场所之重要意义。在生态批评家看来,一个曾经美丽、和谐、自我维持的自然世界已经伴随着现代社会发展与科技进步而退化了,如果现代人不改变其破坏自然的生活方式,这个世界可能由于生物多样性的丧失、气候变化、资源枯竭等生态灾难而陷入崩溃的境地。

在生态批评的叙事中,对自然之美和内在价值的认识与对生态系统损毁的忧虑密切相关。生态作家和批评家巧妙地借助了文学与美学的概念和流派,比如崇高、田园、如画、启示录叙事、有毒话语等,以揭示宝贵、美丽而又脆弱的自然世界面临的巨大风险。生态忧虑催生了学者们对生物圈整体利益的持续关注,集聚生态意识与人文关切的生态整体主义思想在本质上呈现出生命共同体思想的旨归。虽然生态整体观的表露形式林林总总、或隐或显,但通过对生态环境中人与人、人与非人、人与自然的关系与互动的研究,生态批评将人与自然的和谐共生置于首要考量的地位,大力倡导尊重生命、敬畏自然,专注于探索文学与文化的生态重构路径,协调

---

① Cheryll Glotfelty, "Introduction: Literary Studies in an Age of Environmental Crisis", in *The Ecocriticism Reader: Landmarks in Literary Ecology*, Cheryll Glotfelty & Harold Fromm (eds.), p. xix.

"自我"和"他者"的关系，并推进生态意识的生发。

尽管生态批评的诞生是较为晚近的事情，但涉及环境的文本描述及表现生态思想的媒介形式在古今中外随处可见。事实上，生态批评家斯科特·斯洛维克（Scott Slovic）甚至认为，"在你所能想象到的文本中，没有哪一类找不出某种有关环境的意义——如果你在任何一种人类文化表达之中寻找这些生态模式，那同样可能是在进行生态批评的研究"[①]。环境文本存在的广泛和久远由此可见一斑。以对环境问题的反思或对环境状况的描摹为线索进行文本分析和文化研究的实践行为也许可以追溯到古老的涉及自然主题的文本。例如戴维·梅泽尔（David Mazel）在其著作《一个世纪的早期生态批评》（A Century of Early Ecocriticism）中就发掘了百年前当代环境文本和环境传播文化语境中生态批评研究的开端，回顾了从第一次工业革命之后，生态批评自1864年至1964年的百年发展历程。

当我们试图在文本中发现生态的模式或者人与自然关系的痕迹时，都会关联到文本类型和研究方法的问题，而生态批评所面向的涉及环境性之文本，不仅包括研究中最为常见的文学文本，还包括电影、音乐、视觉艺术等其他媒介作品。生态批评的学术研究方法也无一定之规，诸如心理学、哲学、经济学、历史学等学科的方法都可以被采用。总体来说，斯洛维克充分表达了生态批评研究所涉及文本的广博性，认为文学文本和影视、艺术作品等研究对象中呈现出的生态模式，或者是人与自然的关系，都可视为生态批评的研

---

① ［美］斯科特·斯洛维克：《什么是生态批评》，吴靓媛译，赵俊海校，《云南师范大学学报（哲学社会科学版）》2015年第2期。

究范畴。这充分体现了生态批评研究文本的多样性与研究方法的杂糅性。如此一来，生态批评的存在时间就被大幅度地提前了。

在众多的生态文学作品中，亨利·戴维·梭罗（Henry David Thoreau）的《瓦尔登湖》（*Walden*，1854）、奥尔多·利奥波德的《沙乡年鉴》（*A Sand County Almanac*，1949），以及蕾切尔·卡森（Rachel Carson）的《寂静的春天》（*Silent Spring*，1962）被称为"生态文学三部曲"。三位作家在这些作品中"书写了三种不同的自然状况，反映了人与自然之间关系的激变"，依次呈现出"永远年轻美丽的自然""已被榨干油水的破落衰败的自然"以及"病入膏肓、无可救药、令人绝望的自然"。①《瓦尔登湖》描写清新纯粹的自然景象，宣扬简朴静谧的自然生活，表现出人与自然的和谐共存。《沙乡年鉴》敦促人们遵循自然和野生动物保护的伦理道德，希望恢复自然的生机。《寂静的春天》作为生态灾难启示录，则强调了杀虫剂的破坏性生态影响在全国范围内引起的轩然大波。这些佳作都有助于美国环保运动的兴起并将其影响力传播到世界各地。

生态批评诞生之时，适逢西方环境哲学中的各种思潮涌现，如动物伦理学、社会生态学、大地伦理学、深层生态学等。这些思潮对当时盛行的人类中心主义观点纷纷发起了猛烈的抨击。主流环境保护主义认为，人类中心主义立场是引发生态危机的文化根源，因而应该奉行生态中心主义原则作为消除生态危机的途径。这种去除人类中心主义的趋势促使在环境哲学的考察范畴中，权利和道德主

---

① 胡志红、何新：《将生态批评写在广阔大地上——胡志红教授访谈》，《鄱阳湖学刊》2022年第2期。

体范围逐渐扩大，不同个体或共同体的内在价值得到承认，并促进了相关研究形成更多样的伦理关怀，发掘出更广泛的伦理意义。这直接影响到生态批评从20世纪70年代起直到90年代中期，一贯以生态中心主义为思想基础来发展其学术框架和理论体系，强调对于荒野的保护，推崇对于自然书写的研究。

此后，生态批评从其早期形态，即相对缺乏理论支撑的自然书写爱好者们的专属领域，发展成为如今充满活力的状态，即包括一系列复杂的"以地球为中心"的文化批评方法，这些方法调动并重构了来自生态学、哲学、社会学和生物学等众多学科的理论，依靠社会生态学和深层生态学两大分支来支撑生态批评持续发展。生态批评的多样性还延伸至对各种文学形式的探讨，并越来越多地涉及艺术和生活，以及对城市表征的兴趣。其核心信念是，我们生活在一个生态危机的时代，这迫切要求我们重新评估我们在世界上的存在方式，而我们对"自然"和"人类"的文化认知，以及两者之间紧张的关系，在很大程度上导致了对环境有害的存在方式。生态批评的作用在于质疑和批判这些认知，致力于探索构建我们与非人类世界关系的共同体内涵。简而言之，生态批评是一种探索文学以及文化中人类与非人类关系表现形式的批评方法。生态批评一方面聚焦环境，另一方面扎根于文学和文化，并试图通过文学想象与文学理论来影响环境实践。

生态批评从诞生之日起，始终坚持以问题为导向，探索面对生态危机文学何为、文化何为的主题。学者们根据生态批评发展趋势中主要特征的变化，提出以"浪潮"（wave）来标志不同发展阶段的主张。生态批评发生主流趋势转向，既有现实语境的深刻影响，也是批评家们不断反思超越，并吸收借鉴多种学科视角的结果。但无论增添何种研究视野，发生何种理论转向，生态批评持续关注的一直是人类自身的环境境遇以及与人类须臾难离的自然世界，还包括阶级、性别、种族、文化、经济状况等范畴与环境之间错综复杂的关系。

在《环境批评的未来：环境危机与文学想象》(The Future of Environmental Criticism: Environmental Crisis and Literary Imagination)一书中，劳伦斯·布伊尔（Lawrence Buell）有感于生态批评主题发生的环境公正转变，提议以20世纪90年代中期为界划分出第一、二次浪潮，生态批评从此前对自然和荒野主题的推崇演变为之后对环境公正的注重。[1] 布伊尔对基于"浪潮"隐喻的生态批评研究进展作出了提纲挈领的规范描述。他认为，第一波浪潮的生态批评主要集中在自然书写上，围绕生态中心展开，第二波浪潮的生态批评则侧重"以社会为中心的方向"，"转为切实解决对贫困和社会边缘群体而言更为紧迫的环境福利和公正问题的方向"[2]。布伊尔开创的这种按照主流研究趋势划分生态批评发展阶段的方法，可以简明扼要地概括、揭示一段时期内生态批评研究的热点和焦点。

乔尼·亚当森（Joni Adamson）与斯洛维克在2009年建议"探

---

[1] Lawrence Buell, *The Future of Environmental Criticism: Environmental Crisis and Literary Imagination*, MA: Blackwell Publishing, 2005, p. 138.

[2] Lawrence Buell, *The Future of Environmental Criticism: Environmental Crisis and Literary Imagination*, p. 112.

讨似乎是第三次新的生态批评浪潮",对布伊尔的观点作出了补充,并进行了第三波浪潮的划分,"承认种族和国家的特殊性,但超越了种族和国界"①;后者进而在次年撰文指出,2000年之后出现的第三次浪潮已从"蓄势"变为"明确",主题集中于全球性、跨在地、多元文化、生态世界主义以及新生物区域主义②。根据他的观点,始自2008年的新转变促使生态批评在2012年进入了探究物质性、发展新物质主义的第四次浪潮。③ 因为浪潮模式较清晰地反映出生态批评的主题变化,所以得到众多学者的支持,也深刻影响着生态批评的后续发展。值得注意的是,几次浪潮之间不是更替取代的关系,而是前次浪潮的研究方式在后续浪潮中仍然沿用,并在争论中叠加、在渗透间修正。无论研究主题发生何种变化,在文本虚构世界同现实物质世界之间进行循环往复的互动阐释是生态批评一以贯之的原则。

生态批评通过数次主流研究趋势和特征的变化,强调了人类在地球上与其他生命及生境的牵绊与关联,在探讨人与非人、自然与文化的复杂纠缠时,破除了自然与文化的二元对立状况,也不再将人与自然置于两极。从这个意义上来说,万物一体的生命共同体思想构成了生态批评的哲学基础,形成去中心的、具有生态意识的文本呈现,生态审美原则与生态伦理关怀也为沟通自然与人文提供了

---

① Joni Adamson & Scott Slovic, "The Shoulders We Stand on: An Introduction to Ethnicity and Ecocriticism", *MELUS*, Vol. 34. 2 (2009), pp. 6–7.
② Scott Slovic, "The Third Wave of Ecocriticism: North American Reflections on the Current Phase of the Discipline", *Ecozon@: European Journal of Literature, Culture and Environment*, Vol. 1. 1 (2010), p. 7.
③ Scott Slovic, "Editor's Note", *Interdisciplinary Studies in Literature and Environment*, Vol. 19. 4 (2012), p. 619.

契机。虽然始终围绕生态内核扩展与深化，但在不同阶段因时代境况和危机形态各异，生态批评的生态整体观范畴中的重点关注对象不同、侧重点不同，它所采用的分析策略和理论来源也不同。需要特别指出的是，生态批评的历次浪潮是以当时所在时段生态批评的显著特点为依据划分的，每一次浪潮都是在以往基础之上的扬弃和补足，前次浪潮的许多特征仍然会保留在后续浪潮中并得以延伸和拓展，并不存在一波浪潮过后其特征、倾向就荡然无存的情况。所以，本书中以浪潮之名划分的对于生态批评理论中生命共同体思想的追踪与考察，是生态批评发展进程中以特征归类、以题材区分所进行的概括，而非囿于时间节点就戛然而止的总结。

第二节　人与自然和谐共生的共同体思想

西方思想界思考共同体的传统可以追溯到柏拉图发表《理想国》之时。在工业革命和资本主义席卷全球之际，人们发现传统价值观念分崩离析，人际关系岌岌可危，社会向心力不似以往，贫富差距日益扩大，这都促使建立共同体成为当务之急。据考，"共同体"（community）一词源于拉丁文 communis，其原义是"共同的"（common）。[①]雷蒙·威廉斯（Raymond Williams）将"共同体"一词追溯到 14 世纪，并用"情感与关系构成的""直接、共同关怀"及"现存关系"对其进行表述。[②]这与德国社会学家、哲学家斐迪

[①] 参见殷企平：《西方文论关键词：共同体》，《外国文学》2016 年第 2 期。
[②] ［英］雷蒙·威廉斯：《关键词：文化与社会的词汇》，刘建基译，生活·读书·新知三联书店 2005 年版，第 79、81 页。

南·滕尼斯（Ferdinand Tönnies）的共同体学说形成了呼应。

"共同体观念的空前生发始于18世纪前后。从黑格尔到马克思，从滕尼斯到威廉斯，把有机/内在属性看作共同体主要内涵的观点一直占据共同体思想史的主流地位。"① 在文化观念演变的重要时期，也是克服农业文明向工业文明转型焦虑的时期，滕尼斯为了突出"共同体"与"社会"的差异，对"共同体"给出了非常经典的定义："共同体意味着人类真正的、持久的共同生活，而社会不过是一种暂时的、表面的东西。因此，共同体本身必须被理解为一种生机勃勃的有机体，而社会则是一种机械的聚合和人工制品。"② 在关于共同体的认识中，许多马克思主义哲学家和出色的文学家在倡导或者想象共同体时，并非仅将其视为一个形而上的概念，而是更多地将其当成一种文化实践。"这种实践作为一种社会活动乃至运动，在19世纪已经蔚为壮观。参与这种实践的除马克思和恩格斯之外，还有英国的华兹华斯、卡莱尔、狄更斯、乔治·爱略特、哈代、丁尼生、罗斯金和莫里斯等，以及法国的涂尔干、德国的韦伯和滕尼斯等。"③至于共同体汇聚了学术界探究热情的原因，殷企平这样解释道：

就文学领域而论，讨论共同体的理由首先来自普遍存在的"共同体冲动"。大凡优秀的文学家和批评家，都有一种"共同

---

① 殷企平：《西方文论关键词：共同体》，《外国文学》2016年第2期。
② Ferdinand Tönnies, *Community and Civil Society*, Jose Harris & Margaret Hollis (Trans.), Cambridge: Cambridge University Press, 2001, p. 19.
③ 殷企平：《西方文论关键词：共同体》，《外国文学》2016年第2期。

体冲动",即憧憬未来的美好社会,一种超越亲缘和地域的、有机生成的、具有活力和凝聚力的共同体形式。自18世纪以降,在许多国家的文学中,这种冲动烙上了一种特殊的时代印记,即群起为遭遇工业化/现代化浪潮冲击而濒于瓦解的传统共同体寻求出路,并描绘出理想的共同体愿景,而在其背后,不乏社会转型所引起的焦虑,为化解焦虑而谋求对策。①

稍作留意就会发现,我们的文学和文化中经常充满了各种各样的共同体想象。具体到生态批评中,其最初所受到的共同体意识激发可以追溯到利奥波德的表述。他是一位环保主义者、教育家,也是现代环境伦理学和生态学的奠基人,其"像山一样思考"的名句广为人知。在首次出版于1949年的名作《沙乡年鉴》中,利奥波德对共同体概念进行了阐释:

> 我们滥用土地,因为我们认为它是属于我们的商品。当我们把大地看作我们所属的共同体时,我们可能会开始带着爱意和尊重来对待它。对大地来说,没有其他办法能在机械化的人类影响下幸免,对我们来说,也无法从中得到它在科学范畴中能够为文化做出贡献的审美收获。大地是一个共同体是生态学的基本概念,但大地应该得到爱意和尊重是伦理的延伸。这片土地带来了文化上的收获,这是一个众所周知但最近常被遗忘

---

① 殷企平:《西方文论关键词:共同体》,《外国文学》2016年第2期。

的事实。①

此处的大地共同体即人类生存其上的土地连同这片土地上的各种动植物。利奥波德充满讽刺和遗憾地说："人总是杀死他的心爱之物，所以我们的拓荒者杀死了我们的荒野。"② 利奥波德在著作中不仅表现出自然世界中万物的脉动和谐，人类的过度放牧与猎杀、对物质环境的污染与破坏，更难能可贵地以生态伦理视角倾注他对自然、荒野和生物共同体的拳拳关怀，提倡保护美学。美国人文领域最高荣誉"国家人文勋章"及爱德华·艾比生态小说奖获得者、当代著名作家芭芭拉·金索沃（Barbara Kingsolver）称赞利奥波德道："他发现了一种微妙的想法，即地球是生命的自主集合。"③ 而且，他"将人类定义为'生命共同体'的平等成员，意欲使人类改变征服者的姿态，来自觉承担保护'大地'的道德义务"④。利奥波德以其开阔的学术视野和清晰的学术思路改变了人们对环境、土地、人与自然关系的理解，促使人们转变价值观，重新评价自然。

对生态批评来说，利奥波德颇具开创意义地提出了生物共同体概念，他极其关注人与土地以及土地上生长的动植物之间的关系，赞美人与自然世界的相互依存。他指出，"当一件事倾向于保持生物共同体（biotic community）的完整、稳定和美丽时，它就是正确的。

---

① Aldo Leopold, *A Sand County Almanac*, New York：Oxford University Press, 2020, p. xxii.
② Aldo Leopold, *A Sand County Almanac*, p. 138.
③ Aldo Leopold, *A Sand County Almanac*, p. xix.
④ 王野林：《生态整体主义中的整体性意蕴述评》，《学术探索》2016 年第 10 期。

当它具有相反倾向时，就是错误的"①。这种以大地伦理呈现的共同体意识为二十多年后诞生的生态批评奠定了学科基调，开了将人与自然、人与大地视为一个整体的先河。利奥波德把个人视为一个由相互依存之部分组成的共同体内的成员，而且在他的笔下，大地伦理反映了生态良知，不仅涉及人类脚下的土壤，而且"扩大了共同体的边界，包括土壤、水、植物和动物，或者统称为大地"②。至于对共同体成员应该采取何种态度，利奥波德也明确指出，"简而言之，大地伦理将智人的角色从大地共同体的征服者转变为大地共同体的普通成员和公民。它意味着尊重他的同胞，也尊重共同体本身"③。

生态批评包含的生命共同体思想内涵在生态批评各个发展阶段纷纭的汇聚、争辩、交流以及不断的解构和建构中得以发展。地球上生命的连通性是一个无法否认的事实，人类是自然的产物，而自然是由许多部分和功能组成的系统，其中包括生态系统，它还包括与生命相互作用的环境要素。人类从来没有孤立于其他生命而存在过，也不可能单独存在，这是过去、现在和未来都不会改变的客观事实，因为我们依赖于生物圈里各种复杂而亲密的联系而生存于世。在很大程度上，生态系统影响了人类活动方方面面的模式。因此，文学和文化叙事必须将人类置于地方和区域生态系统的背景下，处于生物圈内的人类才是活生生的、有现实意义的研究对象。我们所

---

① Aldo Leopold, *A Sand County Almanac*, p. 211.
② Aldo Leopold, *A Sand County Almanac*, p. 192.
③ Aldo Leopold, *A Sand County Almanac*, p. 192.

在的这个星球，连同它的人类和非人类居民，共同构成一个在空间和时间上变化多样的、相互影响的整体。

地球是一个生物多样性丰富、物种和元素动态平衡的地方。在这个家园中，人类活动引起自然环境的变化，自然环境又影响人类的生存条件，彼此每时每刻都交织在一起。生物圈由于人类活动而产生了复杂的变化，有些变化处于生态系统吸收和补偿并保持健康的能力范围内，而另一些变化可能会超出生态系统的承受或恢复能力，导致侵蚀或改变，甚至产生彻底摧毁生态系统的后果，因此可能会影响到当地生态系统甚至整个星球系统的功能。

关于地球是一个共同体的意识不仅体现在文学与文化研究领域，而且也表露在作家和学者们的实践姿态中。"共同体概念最重要的属性是文化实践，意在改造世界。"[1] 2000 年，体现人类生态责任的愿景性文件《地球宪章》(*The Earth Charter*) 在荷兰海牙发布，它把人类看作一个具有共同命运的大家庭，将地球称为人类共同的家园和独特的生命共同体 (the community of life)，呼吁人类以理解、同情和爱心来尊重和关心这个生命共同体。[2] 在《地球宪章》中有这样一句话，"地球，我们的家园，充满了生命共同体"[3]，这表达出对地球生态的深刻认知和深切关怀。《地球宪章》中所提倡的生命共同体观念有助于唤起人们的生态良知，拒绝有害于生态系统的行为，提高

---

[1] 李睿、殷企平：《"共同体"与外国文学研究——殷企平教授访谈录》，《复旦外国语言文学论丛》2021 年第 2 期。
[2] 转引自苗兴伟：《生态文明视域下生命共同体的话语建构：基于〈人民日报〉生态报道的生态话语分析》，《北京第二外国语学院学报》2023 年第 3 期。
[3] Peter Blaze Corcoran & A. James Wohlpart (eds.), *A Voice for Earth: American Writers Respond to the Earth Charter*, Athens: University of Georgia Press, 2008, p. 9.

人们的生态保护意识，增强对其他生命形式的关爱和尊重，并促进人类与其他生命形式的和谐共生。多位作家对《地球宪章》的发布进行了回应，以此作为替地球发声的支援。"《地球宪章》承认我们与地球和谐相处的努力，并试图将对生命共同体的尊重和关怀、生态完整性、社会和经济公正、民主、非暴力与和平编织成对所有生命行为的凝聚力"，这些话语"自然而然地引导我们了解利奥波德在《沙乡年鉴》的大地伦理中所概述的，我们属于一个包括所有生命形式的共同体：植物、动物和人类"[①]。《地球宪章》旨在拓宽我们的伦理视野，将更广泛的生命共同体构成和该共同体中相互依存的关系纳入其中。

地球为生命的进化提供了必要的条件，形形色色的生命共同栖居于这个蓝色星球上。《地球宪章》之于我们对生命共同体的理解有重要意义，它既参考了进化论和生态学的知识背景，也借鉴了包容环境和社会伦理的理论背景。在生态危机的逼迫下，生态批评学者越来越意识到，自然力量使物种生存成为一场艰巨而不确定的冒险，我们生存的这个世界既脆弱又充满了各种变数。面对危险与机遇并存的未来，人类的选择关系到自己和整个星球的前途命运。《地球宪章》的倡议之所以引起了作家、学者和活动家的强烈反响，并在生态批评的共同体思想塑造中赢得一席之地，是因为在日益壮大的全球环境保护运动中，人们认识到社会变革、全球伦理和国际合作的迫切性，并相信在巨大的文化多样性中建立一个全球共同体的可能

---

① Peter Blaze Corcoran & A. James Wohlpart (eds.), *A Voice for Earth：American Writers Respond to the Earth Charter*, p. xv.

性。生态批评从中汲取到对生态价值观的共识。在文学、文化和生命形式的多样性中，我们拥有共同的命运，同属于一个地球共同体。人类需要在尊重自然、环境公正与保护生态的基础上，建立一个可持续的全球社会。这与利奥波德的共同体意识形成了呼应，即生态恢复的能力和人类的健康福祉取决于生物圈及其所有生态系统，包括多样的动植物、肥沃的土壤、清洁的空气以及纯净的水源。因此，保护地球的活力、美丽以及生物多样性是一项神圣的使命，也是必须达成的任务。

另一个行动主义的实例是，玻利维亚的行动者们于2012年通过了《地球母亲法》，将地球母亲定义为"由所有生命系统和生命体组成的不可分割之共同体所构成的动态、鲜活的系统，这些生命系统和生命体相互关联、相互依存、相互补充，拥有共同的命运"[1]。这样对生态系统的法律保护赋予了自然在现在和未来的生存权利，从而也将非人类和自然物体纳入了人类的道德共同体。生态批评学者们认识到地球上的生命和非生命系统如何影响了人类事务进程，并承认生命共同体是围绕人类、包括人类，以及与人类存有关系的一个范畴。"正是多种形式的生命共同体，而不仅仅是人类，造就了我们。"[2]

生态批评高度重视生物多样性，认为所有物种和生命共同体成员都值得尊重和道德考量，因此生物多样性是生命共同体的关键指

---

[1] Keith Pezzoli, "Bioregionalism", in *Keywords for Environmental Studies*, Joni Adamson, William A. Gleason & David N. Pellow (eds.), New York: New York University Press, 2016, p. 26.

[2] J. Donald Hughes, *An Environmental History of the World: Humankind's Changing Role in the Community of Life*, New York: Routledge, 2001, p. 213.

标之一。尽管生物多样性可能最常被用来表示生态系统中物种的数量，但它是"从基因到物种、种群和群落，包括栖息地和生态系统在内的所有层次上的生物多样性"[①]。所有的生命形式都是一个伟大的地球共同体中相互依存的成员。回顾人类在生命共同体中角色变化的历程，关注具体时空内的环境历史经验，这对人类在生命共同体中发挥积极的作用具有深远意义。生态批评学者对未来的思考，无论是一系列乌托邦式、反乌托邦式，还是生态灾难启示录式的想象，都表明了人类与环境互动的各种可能性结果。生命共同体意识在生态批评中至关重要，因为我们生活在一个日益相互依存、脆弱和复杂的世界，以文学及其理论来指导实践极其需要开展对话、携手合作，全球成员的相互依存意味着没有任何国家和地区能够独自解决其问题。

J. 唐纳德·休斯（J. Donald Hughes）在《世界环境史：人类在生命共同体中不断变化的角色》（*An Environmental History of the World: Humankind's Changing Role in the Community of Life*）中解释生命共同体时特意强调："历史解释必须考虑到这样一个事实，即人类是生态系统的一部分。"[②] 休斯非常看重生态系统的完整性，认为人类之所以必须尊重生态系统的完整性，不是因为保护生态系统的完整性在我们自身之外，而是因为人类本就是生命共同体的成员，这种生态系统的完整性由人类及其他共同体成员共享。生态系统的存

[①] Edward B. Barbier, Joanne C. Burgess & Carl Folke, *Paradise Lost? The Ecological Economics of Biodiversity*, London: Earthscan Publications, 1994, p. 229.

[②] J. Donald Hughes, *An Environmental History of the World: Humankind's Changing Role in the Community of Life*, pp. 5-6.

续依赖于生物多样性，环境伦理有助于人们在科学技术和健康的生态系统之间实现可持续平衡。在休斯的理解中，人类需要考虑的不是什么对人类有利，而是什么对整个生态系统有利，因为不管作为个人还是群体，人类都是作为生命共同体的一部分而存在，人类福祉的实现最终取决于生态整体利益的实现。他深刻地总结道："我们的共同体，在最深刻的意义上，是生命的共同体。"[①]

在生态批评发展进程中，在生命共同体思想的流变中，充满不同侧重与热点。生命共同体思想推进人与自然的和谐共生，对生命共同体思想的阐释、反思与其所处语境相关。为了更好地探索生命共同体思想在不同阶段的变化，我们对生态批评中的生命共同体思想可以给出一个工作性定义，那就是："生命共同体"是由人、非人生物及自然构成的共生体系，是具有自控调节功能的个体、群体与其生存环境，是在无数物种和生命形式与人类共同栖居、生长、繁衍和进化的生态系统中，以生态整体原则为逻辑起点进行的构建。生命共同体思想体现了人与自然相互依存和协同进化的动态过程，并将伦理关怀的范围由人与人、人与非人生物的关系扩展到人与自然的关系。随着生态批评对自然系统运作的认识不断增加，生命共同体思想的动态发展表现出学界对新理解、新方向和新分支的探索。面对人类行为与现代科技带给地球的种种潜在危险，学者们试图用批评理论把学术与现实联系起来，为环境问题找到解决方案，塑造生态友好的发展理念，让人与自然和谐共生成为现实。

[①] 参见 J. Donald Hughes, *An Environmental History of the World: Humankind's Changing Role in the Community of Life*, pp. 239-240.

生态批评吸纳了来自生态学、生态伦理学、环境史等多个相关学科的研究成果。批评家汉斯·伯格塞勒（Hannes Bergthaller）曾这样表述生态批评与环境史研究的密切联系：

> 如果生态批评家不仅试图理解特定文本如何呈现人类与其生态环境之间的相互作用，而且试图理解这些呈现如何反映和塑造现实世界的环境实践，他们必须将其置于历史动态的更大背景下，而这些背景不能仅从这些文本中推断出来。同样，认识到人类信仰和欲望在环境实践中起着至关重要的作用，必然会得出这样的推论，即文本解释是历史研究不可或缺的组成部分。无论他们是否公开承认，生态批评和环境史都是相互关联的。[1]

从环境史研究中，生态批评进一步认识到，人类社会已经发生、正在发生以及将要发生的事件，在许多重要方面都是一个生态进程。地球上的生物和非生物系统对人类事务进程往往具有深刻影响，同时人类活动也会造成自然环境的变化。这些过程同时发生，并且相互制约。自然与文化这两个生态批评的学科关键词本身并不具有绝对的区别。"古希腊人首先对'自然'（physis，自身存在和生成的东西）和'文化'（nomos，人类社会创造的东西）进行了区分，但这种区分并不是绝对的；从重要意义上讲，文化是自然的一部分，因

---

[1] Hannes Bergthaller, "Introduction: Ecocriticism and Environmental History", *Interdisciplinary Studies in Literature and Environment*, Vol. 22.1 (2015), p. 6.

为文化是动物物种，即人类物种的产物。"[1] 而另一方面，人类所认识到的自然无不浸透着人类自身的文化因素。生态批评在面对文学文本、文化现象时，同样需要了解人类与其所属的自然群落、与其生存的物质环境的关系，以解释这种关系的变化过程。并在此基础上，用基于生态视角的分析揭示其他物种、自然力量和物质循环与人类行为的相互影响。

人类活动对这个世界的影响在"人类世"概念中得到了充分体现。曾经在 1995 年获得诺贝尔奖的荷兰化学家保罗·J. 克鲁岑（Paul J. Crutzen）于 2000 年创造了"人类世"（Anthropocene）一词，用来标记一个新的地质时代，并把人类看作是冲击地球环境、影响全球循环的地质推动力。2002 年，克鲁岑与尤金·F. 斯托默（Eugene F. Stoermer）在《自然》杂志发表题为《人类地质学》的文章，使该术语得到了更为广泛的关注和使用。在人类世里，人类作为地理能动者，其行为造成众多环境变化，进而影响地球自然环境，极大地改变了地球面貌。人类世的出现意味着地球的历史演变已经进入一个全新的阶段，人类对地球的影响空前巨大。

对于人类世的历史解释必须考虑到这样一个事实，即自启蒙运动以来，地球和自然被视为原子化和客观化的对象，作为僵死的可利用物质存在，人类用其满足自己的贪婪欲望而不感到内疚。对于非人类的工具性价值观也导致了共同体的终结和人类的狂妄自大。自然界由多个部分和具备多种功能的动态系统组成，人类参与到生

---

[1] J. Donald Hughes, *An Environmental History of the World: Humankind's Changing Role in the Community of Life*, p. 5.

态系统随着时间而改变的过程中，所以必须考虑到这些过程的重要性和复杂性。如果垃圾堆放和海洋污染等问题可以追溯到非公正的社会和经济原因，对环境保护的漠然是由于底层民众尚在为保障温饱而努力谋生，那么在人类世的环境危机中，生命共同体思想的传播与接受无疑应该更加深入地继续进行。

在批评家罗布·尼克森（Rob Nixon）看来，人类世存在着两个最严重的危机，一个是环境危机，一个是不平等的危机。环境危机和人类不平等的相互交织则加深了人类世里人与环境的脆弱性。他引用奈杰尔·克拉克（Nigel Clark）的话来说明"人类世的故事将'地球的动荡'与'身体的脆弱'联系在一起"[①]。但是尼克森并不满足于仅仅说明这些问题的存在，而是进一步探究什么样的叙事方式可以让环境人文学科不再回避不平等的人类能动性、不平等的人类影响，以及不平等的人类脆弱性问题。人类发挥的负面力量使整个生物圈面临空前的危机。

"人类世"这一概念之所以迅速而广泛地得以应用，是因为它对人文学科来说，能够在文学、美学、哲学、伦理等方面表达对于环境的共同情感与呼声。大多数环境问题的影响是全球性的，气候变化、海洋酸化、毒物污染、森林砍伐、过度捕捞等等，都显示生态系统正陷入普遍性的加速退化过程中。人类世使文化与自然、事实与价值之间的分界线愈加模糊。"人类世是对人类目标和自然因果关系的一种令人困惑、往往具有破坏性的侵染，它在熟悉的生活世界

[①] Nigel Clark, *Inhuman Nature: Sociable Life on a Dynamic Planet*, Los Angeles: Sage, 2011, p. xx.

中，在每一个个体生命的局部和个人尺度上，都表现出无数可能的细微裂缝。"①尽管当前的环境危机令人忧心，但生态批评仍努力通过消除人类共同体内的暴力剥削和特权滥用而拯救环境资源，通过承认非人存在物的能动作用和内在价值而维护生命共同体的利益，以期达到人与非人共同自由与繁荣的状态。

厄休拉·K.海斯（Ursula K. Heise）认为，"未来环境政治和行动主义问题的总体框架应该是公正对待人类和非人类共同生活的利益，尽管必须承认物种之间存在竞争甚至不相容的利益"②。而蒂莫西·克拉克（Timothy Clark）则对人类共同体的责任进行了概括性阐释：

> 人类共同体应该对他们所希望栖居的"自然"和环境负更大的责任，不管这是否意味着从人类对生态系统的干预中抽身出来，还是对生态系统进行创造性的干预。世界各地的环境政治似乎越来越可能成为一种决疑论的形式，从严格意义上根据具体情况作出判断，谨慎对待当地状况，而不是全面实行普遍标准。除南极洲外，生态批评本身正在加速国际化，各大洲都在开展工作，这必将成为这种多元化的"自然"和环境主义的一个重要背景。③

---

① Timothy Clark, *Ecocriticism on the Edge: The Anthropocene as a Threshold Concept*, London: Bloomsbury, 2015, p. 9.
② 转引自 Timothy Clark, *The Value of Ecocriticism*, New York: Cambridge University Press, 2019, p. 36.
③ Timothy Clark, *The Value of Ecocriticism*, p. 37.

无论人类采取什么样的环境保护主义途径，气候变化和资源趋紧的态势看起来不容乐观，沉湎于对过去美好时光的怀旧于事无益，那么，生态批评如何捍卫生命共同体的利益？答案或许在于，人类需要在国际范围内尊重差异性，以更加平等的方式分担环境责任并通力协作来促进对生态系统的关切与呵护。

在人类世的情境中，生态批评用叙事来表达对于生态系统的敬畏之情，来表述地球生态所受的人类影响，很多著述会让人想象出物种灭绝和生物多样性丧失的危机。我们与其他物种共同居住在这个星球上，人类与非人物种的接触获得了社会文化的牵引。当人类共同体在讲述自身故事的时候，这些物种也成为故事的组成部分，人类叙事关系到非人物种的福祉。所以，海斯的观点是，"归根结底，我认为生物多样性、濒危物种和灭绝主要是文化问题、我们重视什么和我们讲什么故事的问题，而其次才是科学问题"[1]。海斯的论述将生态问题和人类的文化价值观联通起来，突出了由文学和文化塑造的生态意识对于消除环境危机的重要作用。也就是说，不能脱离破坏、维护或改善自然世界的社会环境来构想生态保护。

生物多样性始终首先是一个社会经济背景和文化价值问题，其次才是一个科学问题。当人类的努力与社会网络产生共鸣时，生态意识、情感和行为塑造出生态的文化价值观，这才能形成有利于自然保护和资源利用的文化框架。在人类通过环境想象与环境叙事思考自身、人类共同体及其历史和未来的过程中，非人存在物就成为

---

[1] Ursula K. Heise, *Imagining Extinction: The Cultural Meanings of Endangered Species*, p. 5.

环境想象和叙事中的文化工具和媒介。人类世概念的提出，既是挑战，显示出空前的人类能动性，也是机遇，赋予人类在环境危机面前有所作为的可能。基于人类对全球生态系统的普遍影响标志着一个新地质"人类时代"的说法，对人类世持悲观和乐观态度者皆已有之。对于悲观主义者来说，人类世标志着人类对环境的负面影响达到了前所未有的严重程度和巨大范围；对于乐观主义者来说，人类世开启了一种人类痛改前非、正面影响环境而与未来自然和谐共生的可能性，而不是回到过去那种人与自然相分离的状态。

在人类世环境危机的背景下考虑生物多样性的保护问题，离不开对社会公正的吁求。我们对这个问题的探索不再纠结于人类是否应该致力于保护动物或其他物种，因其已达成基本共识，而是着重于人类应如何表达对平等环境权的渴望，如何实现对生物圈整体的呵护，如何形成对非人生物的环境伦理关怀。在过去数年中，人类世的概念已经成为生态批评的论争背景，非人物种的生存和灭绝都是关注重点。当此之时，对人类与非人类关系的理解会影响到人类对自身所处位置的定位，正确的认识有助于发展物种之间的公正和多元物种的世界主义思想，以此恢复对自然之崇高的敬畏之情，推动对生物多样性的关切与保护。

第三节　生态批评中的"自然"

生态批评作为一种探讨人与自然关系的文学和文化批评范式，是由现实环境运动引发的人文思考，至今已形成较为成熟的学科体系。虽然生态友好是生态批评领域一以贯之的原则，但在不同阶段和不同方法中，自然的范畴并非一成不变。人与自然的关系经过历史变迁，发展生命共同体的侧重也时有变动，正是对生命共同体各个层次的多样性理解与探索，构成了丰富多彩的生命共同体思想内涵。历史上，人对自然的态度从崇拜、畏惧到祛魅、改造、征服，再从部分复魅、反思到敬畏、保护，经历了种种变化。在生态批评的不同发展时期内，对自然意蕴的准确理解有助于对人与自然的关系、人与非人生命的关系进行生态审美、生态伦理的考察和生态价值观的塑造。

生态学知识告诉我们，在人类从灵长类祖先进化而来的过程中，从来都不可能对非人类的自然世界不屑一顾。自然包含一系列由众多部分和功能构成的动态系统，生态系统就在其中。作为生态系统的成员之一，人类通过实践参与到改变生态系统的进程中。生态批评对文本和现象的探究必须考虑到这些进程的重要性和复杂性。人类与其他物种通过竞争、合作、模仿、利用和被利用的方式，在生命共同体中一起进化。因此，人类是地球上生命形式相互作用的产物，同时人类也使得生态系统成为它们现今的样貌。

尽管自然是一个古老而难以定义的概念，但 20 世纪之后，也始终不乏一些文学和文化批评家对这个问题进行关注与思考，例如林恩·怀特（Lynn White）、利奥·马克斯（Leo Marx）、卡罗琳·麦茜特（Carolyn Merchant）和雷蒙·威廉斯等学者，面对人类面临的环境危机，他们开始考虑文学能告诉我们什么，我们与自然世界的关系又是什么。如前所述，利奥波德在《沙乡年鉴》中提倡的大地伦理学加深了人们对于将人类利益凌驾于其他物种福利之上的担忧。1967年，林恩·怀特大胆地抨击基督教是世界上最以人类为中心的宗教，于是将人类中心主义，这种以人类利益为核心的伦理呈现于大众眼前。到了20世纪80年代，阿伦·奈斯（Arne Naess）的深层生态学观点产生了巨大影响，这种较为激进的环境主义立场态度鲜明地坚持生态中心主义，把人类视为生物圈网络中的一个节点。受其影响，批评家们开始彻底地重新评估人类与环境的关系，并坚决反对人类中心主义。

"自然"一贯是凝聚想象力的文学主题，但究其意义而言，它在西方词汇中长期以来一直是一个非常特殊的术语，在生态批评中也是一个含义并非特别固定的词汇，其范围广泛且内涵丰富。正如威廉斯所说，"自然也许是语言中最复杂的一个词"[1]。作为一个不同寻常的多义词和多指代符号，它不仅有几种不同含义，而且根据语境和惯例，这些含义与一系列令人困惑的现象有关。在威廉斯的论述中，自然具有相对容易区分的三个意义领域：一是某物的基本性质和特征；二是指引世界或人类或两者的内在力量；三是包括或不包括人类在内的物质世界本身。问题在于，在第二种和第三种意义里，虽然其所指领域大致清晰，但确切含义却是可变的，有时甚至是相反的。"自然"的难以定义由此可见。进而，威廉斯用一系列描述来呈现"自然"一词的多样性和复杂性。"可以被视为不确定性的含义也是一种张力：大自然既是无辜的、未经证实的、确定的、不确定

---

[1] Raymond Williams, *Keywords: A Vocabulary of Culture and Society*, New York: Oxford University Press, 1985, p.219.

的、富有成效的、破坏性的、纯粹的力量，也是被污染和诅咒的。自然过程的真正复杂性都是由一个单数词语内含的复杂性来提供的。"①"自然"的含义经常出现在未必使用了该词本身的语句中。"在自然的'附带概念'里，包括'种族''性别''生物多样性''基因''荒野''动物''环境'等，这些概念并不总是'自然'的同义词，但在某些情况下，它们是传达其某些既定含义的工具。当它们一起使用时，就构成了'意义的形成'。"②

凯特·索珀（Kate Soper）将"自然"的这种变动不居描述为"不可控的"（uncontainable）③。她将自然的意义区分为"形而上学的""现实主义的"和"世俗的"三种类型。首先，哲学论证中"自然"一词被当作形而上学的概念来使用，强调的是人类和自然界之间界限的绝对性。自然被看作是与人或者文化相对的、非人类的概念，即自然被视为与人类存在相区别、相对应的存在领域。其次，"自然"被当作一个现实主义的概念，它包含着结构、进程和因果力。这些因素都在物质世界中不停地发挥着作用，并且它们的作用为自然科学提供了研究对象。也是因为这些作用的存在，人类才有可能干预生态并和环境互动，即自然被当作因果进程。最后，在大多数的日常生活、文学文本和理论话语中，"自然"这个词表示的是"世俗的"或者"表面的"概念。也就是说，"自然"指的是风景、田园、荒野、乡村等内涵，让人联想到动物、原材料等概念。它与

---

① Raymond Williams, *Keywords: A Vocabulary of Culture and Society*, p. 222.
② Noel Castree, "Nature", in *Keywords for Environmental Studies*, Joni Adamson, William A. Gleason & David N. Pellow (eds.), p. 154.
③ Kate Soper, *What Is Nature?: Culture, Politics and the Non-Human*, Oxford and Cambridge: Wiley-Blackwell, 1995, p. 1.

城市或工业的环境相对应。事关人们直接经验和审美欣赏的自然、当前遭受破坏和污染的自然,以及需要人类保护和共生的自然,就是这种含义上的自然。自然成为现象的一套直接体验。通过以上对"自然"含义的三种阐释,凯特明确指出生态批评里所说的自然,就是这第三种"世俗的"或"表面的"含义。但值得注意的是,这三种概念并非彼此孤立而是互相关联的,对它们的阐释也必将不是孤立的,因为,"要弄清楚其中一个概念必然取决于对另一个概念的意义的构建"①。

所以,在对生态批评的考察中,我们有必要考虑到"自然"与其出现语境之间关系相互牵绊而引出的多样性和复杂性。作为人类破坏、污染和保护、敬畏对象的"自然",连同提供了一个范畴以协调人与非人之间关系的自然,无不是"构建"的产物。② 在早期的生态批评研究中,学者们将对自然的破坏归咎于人类中心主义所导致的人与自然之间扭曲的关系,在此视野中,西方工具理性带给人类的傲慢自大不仅使人疏离自然,而且使人妄图掌控自然,于是将自然与文化进行二分的观点助长了人类对待生态的不友好态度。同时,视"自然"为外在环境、可用资源的观点模糊或者否定了自然的内在价值。生态批评试图通过对"自然"在不同历史时期、不同文化背景下进行多重建构,消除自然相对"人"或"文化"二元他者的依赖,来扭转人与自然不和谐的被动局面。

生态批评传统上聚焦于寻找一种新的伦理来治愈人类与自然世

---

① Kate Soper, "The Idea of Nature", in *The Green Studies Reader*: *From Romanticism to Ecocriticism*, Laurence Coupe (ed.), New York: Routledge, 2000, pp. 125-126.

② Kate Soper, *What Is Nature?*: *Culture*, *Politics and the Non-Human*, p. 4.

界的疏离，超越人类中心主义的狭隘局限。这种对自然本身价值的追寻在被誉为"环境伦理学之父"的霍尔姆斯·罗尔斯顿（Holmes Rolston Ⅲ）的理论中得到启发，罗尔斯顿的生态整体论及自然的内在价值论为生态批评提供了重要的理论依据。罗尔斯顿的生态整体论包含两个方面，一是"将自然界（包括生物学意义上的人）看成一个完整的生命共同体"，二是"将文化、生活在文化中的人与自然的关系整体地加以认识"①。该理论继承了大地伦理的精华，在其基础上阐发和辩护，同时又立足整体和谐来宣传"遵循自然"，较之深层生态学更具客观性，并意图调和激进的生态中心主义和彻底的人类中心主义。② 1975 年，罗尔斯顿发表了权威学术论文《生态伦理是否存在？》（"Is There an Ecological Ethic?"），不仅确立了环境伦理学的学科合法性，而且于文中创造性地提出自然具有内在价值的论断，即自然系统作为一个创生万物的系统，是有内在价值的。自然本身具有的内在价值并不依赖于人类的评价和利用，而在于推动自然万物的发展与演变。"他犀利地指出人与自然的关系是相互依存的，从哲学层面阐明了人对大自然的基本态度和义务，蕴含着'生命共同体'的意味。"③ 因而，罗尔斯顿对人与自然关系的审视给予了生态批评的生命共同体朝向以伦理启示，通过否认人的价值主体之唯一性，承认自然具有内在价值，促使人们将控制自然、征服自然的工具理性转变为遵循自然、保护自然的伦理觉悟。

---

① 宋夏：《论罗尔斯顿的"生态整体论"》，《科学技术与辩证法》2002 年第 2 期。
② 参见宋夏：《论罗尔斯顿的"生态整体论"》，《科学技术与辩证法》2002 年第 2 期。
③ 赵宇彤：《他凝望车水马龙的城市后，转身走向荒野》，《中国科学报》2025 年 2 月 21 日。

对人类中心主义的普遍指责容易使人忽视人类社会内部的压迫和分裂，造成牺牲社会公正和资源分配公平的后果。破坏自然的问题必须被放置在具体的生产和消费关系层面上，而不能归咎于某种广义的人类属性或态度。实事求是地说，人对自然的态度以及人与自然的关系，在某些方面必然无法全部去除人类中心主义的色彩，因为人在生态环链上的位置决定了当面对自然这一对象时，我们只能从自身经验和判断出发，去努力消除对于自然的他者化理解。有学者曾将"自然"解释为"在最常见和最基本的含义上，自然一词指的是非人和区别于人工产物的一切事物。因此自然与文化、历史、传统、人工制造或生产，简而言之，与定义人类秩序的一切，都相对"①。这种将自然归于人类"他者"的概念在自然与文化、自然与历史、自然与人工等二元的中间硬性划分出了一条僵化的、非此即彼的界限。但随着生态批评研究的深入，学者们越来越意识到，自然并非人类的"他者"，人与自然呈现的是互动、交织、共生共荣的依存关系。尽管概念上的区别不可或缺，在所有关于人与自然关系的讨论中，都隐含着人类和"自然"之间的先验区别，但在大多数情况下，当"自然"一词被用于指代非人类存在时，特指那些人们未曾参与创造的环境要素，即物质世界中未经人类活动塑造的原始状态，那些并非人为的部分。②

那么，在人与自然的划分中，争论的焦点不在于区别本身，而在于如何描述这种区别，以及探讨是种类还是程度上的区别，即两

---

① Kate Soper, *What Is Nature?: Culture, Politics and the Non-Human*, p. 15.
② 参见 Kate Soper, *What Is Nature?: Culture, Politics and the Non-Human*, p. 16.

者究竟是一种领域或存在模式的绝对差异，还是在一个整体或连续体中而没有明确的界限？这些问题一直困扰着哲学和人文科学。在现代哲学中，人与自然的对立总体上被广泛和抽象地解释为主客体划分，即作为思维主体的人与呈现在人类思维中但本身无法思考的自然之间的划分，主要关注的是可以被理解为"外部"现实的自然，以及人类作为这一现实的认识主体，是否必然超越自然并在本体论上有所不同。相比之下，在人文科学中，人与自然的关系在很大程度上被解释为关于人类与其他动物物种之间差异或连续性关系的集中反映，关注的是人类对生物学、物种进化和动物行为学的经验知识在多大程度上可以为理解人类及其生命形式的具体特征提供基础。在这一方面，人与自然的关系基本上是根据文化秩序和自然秩序之间的对立来设想的，前者是根据语言和象征意义以及社会制定的行为规范和惯例来定义的，而后者是根据基因赋予和传递的东西来定义的。这里的核心辩论涉及文化的定义及其在多大程度上是人类社会所独有的，自然和文化在人类个体构成中各自发挥的作用，以及特定的人类属性和实践在多大程度上被认为适合自然主义的解释。简而言之，即"文化"和"自然"之间是否存在严格且理论上无法逾越的界限，抑或人类和动物（尤其是其他灵长类动物）之间的区别是程度问题，而不是种类差异？对于二元论者来说，我们作为人类的属性、已实现的能力和潜力与其他物种所拥有的那些是截然不同的，在人类和其他动物之间没有适当的类似物。相比之下，对于一元论者来说，我们与其他物种的所有不同之处都是程度问题，通过把它们看作本质上相同的渐变存在，就可以更好地阐明它们。①

对于生态环境的态度基本上是由人类对"表面"自然的关注形成的，这种自然被认为是具有实用目的、审美愉悦的源泉或具有"内在价值"的场所，同时也受到人们对自然文化、人类和动物之差异的特殊看法影响。当人们谈论自然时，从来都不是脱离自己而谈论自然。在生态批评的初始研究中，自然在很大程度上并非被破坏或被保护的可以观察的自然，而是现实与想象结合的，充满了对失去的"自然"时空的怀旧，但无论在哪个发展阶段，始终优先考虑自然具有"内在价值"的理念才是发展生命共同体的核心要义。

---

① Kate Soper, *What Is Nature?: Culture, Politics and the Non-Human*, pp. 41–42, pp. 49–50.

第二章　生态中心主义浪潮中的生命共同体思想

在生态批评发展的早期阶段，即20世纪70年代至90年代中期，学者们深刻认识到人类中心主义思想之于生态危机的因果关系，所以立场鲜明地试图破除以人类为万物尺度的固有樊篱，将关注点聚焦于作为物质世界的单纯自然，据此倡导"以地球为中心的文学研究方法"，推动生态批评"作为一种理论话语，在人类和非人类之间进行协商"的学术进程。[①] 因此，生态批评的第一次浪潮显露出对非虚构自然书写、浪漫自然诗歌和荒野叙事的偏好。学者们发现传统悠久的自然书写充满生态意识，其中对人与自然和谐关系的希冀和实践为生态批评作出了独特贡献。相关著述中无论是对植物景观的刻画、对动物伦理的反映，还是对荒野和田园意象的描绘，都充分显示出人类面向非人

---

① Cheryll Glotfelty, "Introduction: Literary Studies in an Age of Environmental Crisis", in *The Ecocriticism Reader: Landmarks in Literary Ecology*, Cheryll Glofelty & Harold Fromm (eds.), pp. xiii–xix.

类世界的细致观察、强烈体验、审美欣赏和深切关怀，这为发展生命共同体价值观奠定了基础。

第一节　生态批评中的植物景观

几个世纪以来，西方文学家们一直被树木的葱茏、花朵的美丽所吸引，对植物的描写在文学作品中俯拾皆是。但是与西方文学、文化中对动物的生命与活力之持续关注相比，植物总是作为生命活动的背景或是文学与文化叙事的工具出现。植物景观既助力现实主义文本更加真实，同时又助力想象文本更加奇幻。从18世纪中期开始，关于人类在生物圈中位置的观念有所改变，在这样的背景下，人们对植物学的兴趣激增，除了探索对于绿色世界的诗意回响和科学回响之间的关系外，植物在日常生活中的作用也在文学作品中不断体现，乔治·克拉布（George Crabbe）、约翰·克莱尔（John Clare）、约翰·罗斯金（John Ruskin）、D. H. 劳伦斯（D. H. Lawrence）、威廉·华兹华斯（William Wordsworth）等许多作家都表达了自己对植物的独特见解，以及对植物世界的丰富性、复杂性和赋予生态系统生命能量重要性的看法。

植物为生态系统提供能量和食物来源，维持生态平衡，是生态系统的生产者。在文学作品中，植物所引发的精神力量不仅与作者的思想和情感相互联系，而且作用于读者，使得读者获得相应的阅读体验。长期以来，人们倾向于"把植物想象成风景中的世俗成分，是人类享用的对象，是情感上更加有共鸣、伦理上更加有价值的动物和其他非植物类属的不起眼的配角。可以说，在传统西方文化的视野中，植物是介于无生命物体与动物之间的存在物，长期被排除在伦理考量范围之外。"[1] 在 20 世纪上半叶，随着遗传学的进展开始为达尔文的自然选择理论奠定基础，生物体的自主性也成为一种被广泛接受的假设。例如 M. M. 马胡德（M. M. Mahood）认为："樱草将其灵魂称为自己的权利……即人类将失去'孤寂的特权'，并'在平等中平等'，对其他生命形式的感受力是 18 世纪末思想的遗产，现在可以转化为自由奔放的感性，而不是沉沦于多愁善感，正是这种多愁善感损坏了 19 世纪众多描写自然界的作品。"[2] 在马胡德看来，植物收缩叶片，花朵闭合花瓣，此类如含羞草、捕蝇草那般的"植物的自发性"，即突然的运动，无疑证明了植物的动物性。这显示出，在一个生态危机日益严峻的星球上欣赏植物的奥秘，诗意的想象与科学理性同样重要。

批评家对植物生命主体的关注逐渐打破了植物被长期边缘化的状态。伊拉斯谟·达尔文（Erasmus Darwin）是马胡德认为的"植物学家诗人"，他的诗作体现了植物生机勃勃的自主性。

> 把绿杯子鼓起来，把花染成金色；
> 银色的树液在明亮的叶脉中上升。
> 回流的血液在乳白色的漩涡中蜿蜒；
> 而，飘散在空气中，树叶呼吸嬉戏，

---

[1] 范跃芬：《西方文论关键词：植物批评》，《外国文学》2024 年第 5 期。
[2] M. M. Mahood, *The Poet as Botanist*, New York: Cambridge University Press, 2008, p. 47.

或饮下一天的黄金精华。①

与伊拉斯谟·达尔文相比,威廉·华兹华斯是更为人熟知的浪漫主义诗人,在他的诗篇中,经常出现许多日常所见花草树木的植物意象。他认为人在享受自然馈赠的同时,要学会与自然交流,聆听自然之声,接受自然滋养,而植物是大自然最典型的代表。在他的《咏水仙》("Daffodils")、《紫杉树》("Yew-Trees")等诗篇中,水仙随风嬉舞,安慰诗人的寂寞,紫杉傲然挺立,乃是山谷的骄傲。植物赋予了华兹华斯灵感来源,而他寄寓了植物诗意的灵魂。

当然,热爱自然文学的人不会遗漏亨利·戴维·梭罗,这位重要的具有浪漫情怀的作家。梭罗的作品是自然文学的典范,把读者带到马萨诸塞州康科德十英里半径范围内的树林、田野、沼泽和溪流中。在《瓦尔登湖》中,梭罗笔下的自然为人们提供了自力更生和自我完善的机会,引导人们专注于生活的本质,呼吁人们深入剖析现实,摒弃消费主义,去沉浸于自然世界的快乐中。湖畔自然风光的色彩、光影和质感,飞禽走兽与花鸟鱼虫及其生存环境,构成了梭罗娓娓道来的生命共同体,是人与自然和谐共生的典范。例如,"无遮无拦的大自然直接来到了你的窗台前。一片长满小树的林子就在你的窗户下,野黄栌树和黑莓藤悄悄爬进了你的地窖里;挺拔的苍松由于没有生长余地紧紧地与房子的木板摩擦起来,它们的根须扎进了房子的地基下面"②,以及"每根小小的松针都生出了同情之

---

① 转引自 M. M. Mahood, *The Poet as Botanist*, p. 73.
② [美] 亨利·戴维·梭罗:《瓦尔登湖》,苏福忠译,人民文学出版社 2008 年版,第 106 页。

心，变长了，变粗了，和我交上了朋友"①。梭罗围绕本质纯粹的自然概念，详细描述了大自然的野性迷人之美。这种简单的原生样态的自然被视为逃离现代喧嚣的避难之处，是纯净、未受破坏的场所。

梭罗将他短途旅行中的所见所闻所思付诸笔端，作品流露的生态内涵也越来越多。梭罗的想法是把部分变成整体，看看世界是如何成为一个整体，又如何被拆成部分的。植物成为梭罗生活的象征中心，这在他晚年的作品中更为明显。梭罗有计划地反复远足、观察、记录、收集标本并在阅读、反思和写作中进行研究，成为一名熟练的野外植物学家，具有森林生态学和进化论的先见之明。同时，他也是一位富有智慧并具有批判精神的思想家和文学家。

梭罗对自己的亲身经历进行记录和写作，他既关注物质现实也关注自然细节，在他的作品如《瓦尔登湖》和14卷的《梭罗日记》（*Journals of Henry David Thoreau*）中，他都表现出对自然勃勃生机的热爱，以及从自然细节里寻找并感知诗意的孜孜不倦。《缅因森林》（*The Maine Woods*）集中反映了梭罗的森林叙事文本。梭罗围绕森林树木来表述自己所感知到的自然世界，将森林和文字编织在一起，呈现森林的真实面貌。其笔下的森林生活真实生动，在分别题为"卡塔丁山""奇森库克湖"以及"阿勒加什与东支流"的三个章节中，梭罗让真实的风景塑造他的语言、他的描述和他的观察。

从这里，我们就算进入了20年前号称全缅因州最好的木材

---

① ［美］亨利·戴维·梭罗：《瓦尔登湖》，第110页。

产地。就是这个地方，曾一度被描述为"覆盖着最丰茂的松林"。但是现在在我看来，这里已经很难觅见松树的踪影了。①

在伐木者的表达方式中，他倾慕之情的性质已经暴露无遗……他倾慕的是原木、是尸体、是遗骸，而不是树本身……英裔美国人可以把这里所有起伏的森林都砍光刨尽，之后再发表一个树桩演说，在林地遗址上为布坎南投票，但他却没法和自己砍倒的树木进行精神上的交流，他无缘读懂森林的诗歌和神话，因为他前进的时候，森林诗歌神话已然后撤退隐。他无知地把神话从书写板上抹去，却只是为了有地方印制自己的传单或者是镇民大会的证件。②

以上论述是梭罗发出的哀叹，是梭罗对森林受到人为破坏而表达的不满。梭罗批评这种抹除自然文字变为人工文字的做法，认为这使得森林语言和森林诗歌无法被辨识解读，森林书写自己故事的过程被强行中断，森林的魅力无所依傍。梭罗还在书中简要描述了耸立的桦树变为倒下的树木，再从腐烂的原木变为土壤，然后变为羽毛状苔藓之养料的这一分解过程。"看着羽状的苔藓微微带黄边绿色线条，18英寸宽，20到30英寸长，还有其他类似的线条与之交叉。我能辨出，这是很久以前倒下的大桦树的轮廓，虽然树已经垮掉、腐烂，变为泥土。"③ 对此，斯坦·泰

---

① ［美］亨利·戴维·梭罗：《缅因森林》，任伟译，四川文艺出版社2015年版，第211页。
② ［美］亨利·戴维·梭罗：《缅因森林》，第228页。
③ ［美］亨利·戴维·梭罗：《缅因森林》，第201页。

格（Stan Tag）认为，"在森林的地面上，梭罗看到了模式、关系、共同体、生态的相互依存。他看到的是过程和变化，现在是过去的标志。他察觉到倒下腐烂的桦树与苔藓的微弱痕迹之间的动态关系"[1]。

梭罗不仅通过他的仔细倾听、细致观察向我们展现了瑰丽神奇的植物世界，还敏锐地洞察到生态系统内的物质循环，以及共同体内生物及其生境的依存关系。考虑到他所处的时代，这种超前的生态观念使他成为当之无愧的杰出自然主义作家。21世纪的第一个十年之后，植物研究中出现了跨学科浪潮，哲学家迈克尔·马尔德（Michael Marder）的《植物思维：植物生命哲学》（*Plant-Thinking: A Philosophy of Vegetal Life*）是该领域的佳作。在此书中，马尔德从四个方面定义了其"植物思维"的主要概念，包括"植物特有的非认知、非概念和非意象的思维方式；人类对植物的思考；人类思维在某种程度上如何因与植物世界的互动而改变，被去除人性化，变得如植物一般；这种改变了的思维与植物存在之间的持续共生关系"[2]。马尔德的"这四个定义创造了一个关于接触、交叉和转变的隐含叙事。通过考虑植物特有的思维方式，然后改变我们的思维方式使其与植物的思维方式相一致，我们人类可以与植物建立持续的共生关系，这将改变我们在地球上的生活和未来"[3]，所以在这种叙事体系

---

[1] Stan Tag, "Forest Life and Forest Trees: Thoreau and John S. Springer in the Maine Woods", *Interdisciplinary Studies in Literature and Environment*, Vol. 2.1 (1994), p. 83.

[2] Michael Marder, *Plant-Thinking: A Philosophy of Vegetal Life*, New York: Columbia University Press, 2013, p. 10.

[3] James Perrin Warren, *Thoreau's Botany: Thinking and Writing with Plants*, Charlottesville: University of Virginia Press, 2023, p. 2.

中，人与植物的和谐共生就成为一种水到渠成的结果。

马尔德突出了一种新颖的思考，在其理论体系中，他"将自然定义为动态的，以变化和生成为特征。植物作为自然界的基本生命力——菲希斯（phusis）的化身和形象之观点，对于理解梭罗的植物思想具有重要意义。事实上，梭罗的植物思维在他生命的最后十年中以许多动态、强大和难以捉摸的方式发展起来。从这个意义上说，梭罗的植物学是我们现在看到的人类与植物关系新探索的先驱"[①]。因此，梭罗呈现给我们的，不仅是他热爱自然并走进自然，探索生命，用心感知万物的点滴，以及在他笔下四季的变化轮转，自然的美丽风光，植物的生长繁殖，共同彰显出的自然之网中蓬勃的生命力量，而且是他对人与自然关系的深刻思考与融入自然的前瞻意识。

生态批评作为研究文学与物质环境关系的学科，自创生之时就把自然置于无比重要的地位。生态批评的第一波浪潮以自然书写为主要关注点，虽然非人生物在这一阶段得到了空前重视，但是与动物研究相比，因为植物通常被当做是固着、沉寂、被动的生命，以至对更为沉默的植物之主体性及其生命世界的研究稍显薄弱。《当代诗歌中的植物：生态批评与植物学想象》（*Plants in Contemporary Poetry: Ecocriticism and the Botanical Imagination*）一书较之以往的植物形象研究更有新意和突破性，它以植物想象为中心，借鉴了神经植物学的发展，为生态批评的植物研究提出了一种独特的概念模型，呈现了一种植物辩证法。此类专门针对植物的生态批评使得在生态批评、生态诗学和环境人文学科中对植物缺乏关注的局面得到改善。

---

① James Perrin Warren, *Thoreau's Botany: Thinking and Writing with Plants*, pp. 3-4.

文学作品中植物形象的总体状况是，"人类将植物视为风景的平凡元素；作为我们食用、加工的，以及其他适当的东西；以及作为动物和其他非植物生命中不那么模糊、更具情感共鸣和道德价值的附件"[①]。植物构成生物圈的基础，随着栖息地退化、入侵物种泛滥、过度捕捞、污染和气候变化的加剧，全球植物群落也在面临空前的挑战。生态批评学者发掘作品和理论中对植物表达尊重和钦佩的语言态度，在人类倾向于将植物作为景观、客体或物质的语境中，开始提醒人们植物生命的重要性，以免对植物之科学、经济、资源和文化价值的忽视与坚持生态整体的生命共同体思想相悖而导致生态危机的进一步加剧。生态批评家们发现并强调植物的多层次能力，而不仅仅是让植物一直处于批评视野的边缘非核心位置，或把它们仅仅与食物、资源、纤维、药物等相联系从而突出其工具性价值。这就将植物从简单的背景描写或陪衬地位解放出来，并摆脱了对植物的工具性思维和符号化倾向。生态批评对植物的研究是绿色分析的领域之一，试图扭转将植物当做背景或隐喻、对植物视而不见的趋势。"确切地说，植物批评是在2013年前后逐渐形成的一种意在探寻人与植物的关系的理论思潮和跨学科批评实践。"[②] 近年来，生态批评中的植物批评运用植物神经生物学的研究成果和视野，将植物意象与艺术、文化、文学和哲学方法相联系，其批评话语体现出植物是所有其他生命所依赖的生存基础这一事实。

植物批评家通过"不约而同地思考植物在地方、伦理、政治、

[①] John Charles Ryan, *Plants in Contemporary Poetry: Ecocriticism and the Botanical Imagination*, New York: Routledge, 2018, p. 1.
[②] 范跃芬：《西方文论关键词：植物批评》，《外国文学》2024年第5期。

诗学中的社会生态想象，探讨植物的伦理化和人性化处理之道"[1]，赋予植物更大的能动性。他们从神经生物学角度出发，承认植物是一种能够表现、感觉、记忆的认知实体，承认植物丰富多彩的主体生命及内在价值，表达出把植物视为同伴物种、人与植物相伴相生的观点。植物对人类生存的重要性不言而喻，与植物进行对话，意味着人类与非人类之间的绿色交流。作为一种以植物为导向的生态批评模式，植物批评"让植物保持其差异性，尊重其存在的独特性"[2]，从而突出了世界上的任何物质都是生命共同体庞大网络中的节点这一事实，这既有助于将人类和植物群体联系在一起，从而对复杂的生态系统进行更深入的理解，又有助于更明确地考虑植物对人类生活的意义。

第二节　生态批评中的动物伦理

生态批评坚决反对人类中心主义立场，认为这是导致生态危机的思想根源。所谓人类中心主义，是指一种以人为中心的形式，它不仅将人类置于一切事物的中心，而且使"我们"成为衡量一切事物的最重要标准。正如批评家格雷厄姆·哈根（Graham Huggan）和海伦·蒂芬（Helen Tiffin）所指出的那样，"在许多文化中——不仅仅是西方文化——人类中心主义早已融入。将自己物种的利益绝对优先于沉默的大多数物种的利益仍然被认为是'理所当然的'。具有

---

[1] 闫建华、方昉：《远方与沙乡：植物同情心的地理羁绊》，《鄱阳湖学刊》2022 年第 2 期。
[2] Michael Marder, *Plant-Thinking: A Philosophy of Vegetal Life*, p. 8.

讽刺意味的是，正是通过这种对自然的呼吁，其他动物和环境往往被排除在人类的特权阶层之外，使它们可供剥削"[1]。作为动物研究的一个主要问题，人类中心主义几乎无处不在，而动物研究有一个核心目标，那就是避免人类中心主义对非人类生命的傲慢又肆意的暴力统治。生物多样性是地球生命体系的基础，是生态系统健康与平衡的重要标志。每种动物在生态系统和食物链中都担任特定的角色，因此野生动物的灭绝不仅会破坏食物链的完整性，影响生态系统的稳定性，而且会引发人类社会和整个地球的灾难性连锁反应。即使是少数物种的消失，也必然会对它们所构成的食物链和生态系统造成后果，且其中一部分后果难以准确预测。

现实中导致野生动物灭绝的主要因素有：首先，人类将大片森林改造为牧场和农田以谋取经济利益的行为、砍伐森林以及破坏森林的举动，极大地破坏了野生动物的栖息地。其次，各种各样的污染致使野生动物受到直接影响而难以生存，例如污染会破坏淡水栖息地，危及鱼类、两栖动物和爬行动物的生命，然后影响相关食物链中的其他物种。再次，人类为获取犀牛角、象牙、盔犀鸟头等物品的狩猎行为使得一些种群本就稀少的野生动物陷入濒危之境。最后，因为宠物贸易而抓捕野生动物破坏了动物的多样性。[2] 以上因素无一不是人类为谋取利益而造成的生态恶果，是基于人类中心主义罔顾共同体利益的破坏行径。

---

[1] Graham Huggan & Helen Tiffin, *Postcolonial Ecocriticism: Literature, Animals, Environment*, New York: Routledge, 2015, p. 5.
[2] 参见 Alan Bleakley, *The Animalizing Imagination: Totemism, Textuality and Ecocriticism*, New York: St. Martin's Press, 2000, p. 53.

在后现代条件下确立的生态危机显示出人类是将世界推至灾难边缘的因素。根据大卫·W.基德纳（David W. Kidner）的说法，我们应该渴望成为的"人类"是"生物共同体中充满热诚、富有感情、团结一致、息息相关的成员"①，而生态批评中倍受批判的人类中心主义中的"人类"，则基于这种立场，即"不假思索地将工业主义的基本原则内化，包括对消费的贪婪欲望，对不断提高的物质生活水平的期望，以及认为所有其他形式的生命都是为了服务我们而存在的信念"②。抛却人类中心主义立场，意味着我们更深刻地理解人类与之生存其中的这个世界产生整体的联系，将人类自身视为构成生态整体的无数元素之一。在这种状况下，无论自然还是动物或者其他物种，都不再是人类活动的背景而已。

生态批评中对动物的批评不仅关注动物的表现，还关注动物的权利。生态批评的动物伦理立场受到了来自动物解放/动物权利主义者和理论家的影响。人们对西方动物权利理论起源进行考察时，无法绕过功利主义创始人杰里米·边沁（Jeremy Bentham）的观点。在1781年的一部知名著作《道德与立法原则导论》（*An Introduction to the Principles of Morals and Legislation*）中，边沁将动物权利与奴隶制的废除联系起来。边沁的论点具有很大的影响力，直到今天，它仍然是现代动物权利运动的基石。挪威哲学家阿伦·奈斯于1973年提出的深层生态学，引发了诸多领域在思想上从人类中

---

① David W. Kidner, "Why 'Anthropocentrism' Is Not Anthropocentric", *Dialectical Anthropology*, Vol. 38 (2014), p. 480.
② David W. Kidner, "Why 'Anthropocentrism' Is Not Anthropocentric", *Dialectical Anthropology*, Vol. 38 (2014), p. 472.

心主义到生物中心主义的根本性转变,它从哲学和伦理学的角度探讨人类与自然的关系,即我们如何看待人类与生物圈其他部分的关系。深层生态学将生物多样性置于极其重要的位置,主张承认所有生命形式的内在价值,倡导一种超越人类中心主义的生态价值观。它关注地球生物圈的整体平衡,呼吁规范和指导人类社会和技术对环境的影响,试图在更广阔的视野下,将人类与自然的关系发展为更和谐与可持续的状态。

伦理学家彼得·辛格(Peter Singer)于1975年出版的著作《动物解放》(Animal Liberation)被广泛视为动物权利领域的关键文本,在动物研究及相关领域掀起了一场风暴。辛格更新并拓展了边沁的观点,他号召人们扩大道德视野,把动物看做是独立的生命,而不是满足人类目的的工具。面对庞大的动物生命群体,辛格认为,"现在我们对这些动物的观念,是漫长历史形成的偏见和专横歧视的结果。我认为,没有任何理由拒绝把我们的平等的基本道德原则扩展到其他动物,除非是我们要维护剥削群体特权的自私欲望"[1]。辛格主张改善动物处境,所有动物一律平等,反对物种歧视。他对动物解放和动物福利的重视和发声,无疑为人类清醒地意识到自己对非人动物的责任以及对自然的责任开启了新的序章。汤姆·雷根(Tom Regan)在其《动物权利研究》(The Case for Animal Rights)中,考察了动物的固有价值和动物意识的复杂性,捍卫动物作为生命主体拥有得到尊重对待的基本道德权利。雷根说:"有两个命题就是经推敲之后在我看来最佳的命题:第一个是,动物具有一定的基本道德

---

[1] [美]彼得·辛格:《动物解放》,祖述宪译,青岛出版社2004年版,初版序第4页。

权利，第二个是，对它们权利的认可要求我们彻底改变对待它们的方式。"① 雷根的理论含有对动物深切的道德关怀，引发了相关研究对动物在人类生活中的地位的认真思考。来自伦理学的认知、理念与运动、实践为生态批评提供了看待人与动物关系的启发性视角。

塔尼娅·阿吉拉-维（Tania Aguila-Way）分析解读了玛格丽特·阿特伍德（Margaret Atwood）的《浮现》（*Surfacing*）和玛丽安·恩格尔（Marian Engel）的《熊》（*Bear*），对动物工具化进行了批判，认为这些小说为动物他者的伦理认可开辟了一个空间，故事突出了人类和动物在保持差异的同时构建共同世界的微妙物质互动，以此来探索与动物一起构建共同世界的伦理可能性。② 凯里·沃尔夫（Cary Wolfe）认为，只要人文主义和物种主义的主体化结构保持完整，只要制度上认为仅仅由于这些物种并非人类而有组织地剥削和杀害动物就是理所当然的，那么物种的人文主义话语就可以被一些人用来对付其他人，构成对任何具有物种、性别、种族、阶级差异的社会他者的暴力。物种话语的普遍性使物种主义制度成为西方主体性和社会性形成的基础，这种制度依赖于一种默契，即"人"的充分的超然存在需要牺牲"动物"和动物性特质，甚至部分人可以将其他人标记为动物来构成压迫。③ 面对动物遭受的贬抑与压迫，生

---

① [美]汤姆·雷根：《动物权利研究》，李曦译，北京大学出版社 2010 年版，第一版序第 38 页。
② Tania Aguila-Way, "Beyond the Logic of Solidarity as Sameness: The Critique of Animal Instrumentalization in Margaret Atwood's *Surfacing* and Marian Engel's *Bear*", *Interdisciplinary Studies in Literature and Environment*, Vol. 23. 1 (2016), pp. 5-29.
③ 参见 Cary Wolfe, *Animal Rites: American Culture, the Discourse of Species, and Posthumanist Theory*, Chicago: The University of Chicago Press, 2003, pp. 6-8.

态批评汲取来自动物权利的理论视野和动物解放的实践经验来构建生命共同体的伦理主张。

文学中的动物根据其表现方式可以被分为多种类别。例如被描绘成人类的动物，它们具有拟人化的能思考和会说话等人类属性；非真实存在的动物，如独角兽、龙、美人鱼、半人马等神奇动物或人畜混血动物；作为符号出现的动物，即并未以具体方式而是象征性地出现在文学中的动物，通常代表着人类行为、形象与焦虑，如战士、怪物、恶棍等被形容为某种动物；真实存在的动物，如常见的马、狗、猫、鸟等。一些动物总是伴随着不同的文学类型出现，比如我们很难想象没有羊群的田园诗，没有夜莺和知更鸟的自然诗，以及没有战马的骑士传奇。[①] 尽管文学中的动物形象姿态各异、种类繁多，但人类往往只关注它们的用途。西格蒙德·弗洛伊德（Sigmund Freud）在《文明及其不满》（*Civilization and Its Discontents*）中如是说："没有人谈论动物的生活目的，除非有人或许认为它们的目的就是为人类提供服务。但是，这种观点也不牢固，因为除了可供人类进行描述、归类和研究以外，许多动物对人类毫无用处；而且许多种类的动物甚至连这种用途都没有，因为早在人类发现之前，它们就已经生存过并且灭绝了。"[②] 弗洛伊德的看法揭示了人类视角的动物工具论，甚至动物都不能充当工具的无用论。这种概括反映出动物在人类中心主义视角下处于生态链中的低下位置。

---

① 参见 Mario Ortiz Robles, *Literature and Animal Studies*, New York: Routledge, 2016, pp. 22-23.
② [奥] 西格蒙德·弗洛伊德：《文明及其不满》，严志军、张沫译，浙江文艺出版社 2019 年版，第 22 页。

从旧石器时代的洞穴壁画中的动物到后现代的网络宠物，除了作为"自然"代名词或生物、野兽以外，动物也以人类构建的象征、幻想或隐喻形式出现。艾伦·布莱克利（Alan Bleakley）借用雅克·拉康（Jacques Lacan）描述的与三种动物存在相对应的三种经验顺序，即"真实的""想象的"和"象征性的"，以之为基础，认真对待动物呈现的各种样貌。他区分了"出现在三个领域或经验顺序中的'动物'：作为生物（原义的）；心理（想象的）；以及概念（符号、象征、文本的）……将动物作为人类想象力的载体，描绘了一种被称为'动物化'的想象。这种想象形式凭借其对动物福利和动物权利的兴趣而被认为是传统的、具有象征意义的世界观的核心，也被重新当作和重新想象为当代生态运动的核心"[1]。在布莱克利这样的生态批评学者看来，无论是在语言还是在文本中，"动物性"都是涉及美学的事件。人类自身的进化并不表明超越动物生命，也不意味着就可以反思性地疏远动物，视动物为他者。人应该欣赏动物行为，更深入地回归世界本身，成为动物生命的见证者，而不能深陷在自恋的自我利益中。

长久以来，"动物"在人类中心主义的文学或文化中被视为他者的代表，通过将动物他者排除在外来定义人类的状况，有利于保持人类中心主义的预设、身份和立场。对于人类中心主义的典型观点，布莱克利解释如下："我们应该保护世界上仅存的热带雨林，主要不是为了这些栖息地的动植物本身，而是为了它们可能为人类提供潜

---

[1] Alan Bleakley, *The Animalizing Imagination: Totemism, Textuality and Ecocriticism*, pp. xii-xiii.

在的药物。"① 所以，克服人类中心主义，就要改变对动物的他者凝视，与动物建立主体间的关系。可以说，在广义上人也是众多动物类型中的一种，人类和其他动物理应以不同的方式共存于生态系统中，构建起存在竞争性以及和谐性的生态网络，但这不应理解为人类傲慢地以主宰的身份端坐在生活秩序的金字塔尖之上，人类只是"在自然中"。科学探究的推动力，加上人文主义的兴起，使得动物的归宿仿佛就是被驯化、成为消费品，这使人与动物之间的裂隙越来越大，残酷对待和大规模屠杀往往最终导致动物的灭绝。因为每种动物的缺失和灭绝都可能引发生态系统的蝴蝶效应，每个物种都理应因其独特的品质而受到尊重。

布莱克利认为西方文明对动物的压制是有长久传统的，他总结道：

> 西方思想中的理性主义为诋毁动物提供了四种主要方法。首先，亚里士多德否认动物的灵魂，他只将灵魂的丰满归于人类。其次，罗马世界和奥古斯丁基督教效仿亚里士多德，将动物作为我们的财产和奴隶，随意使用。第三，笛卡尔的观点认为动物缺乏感情，并将它们从奴隶变成了没有灵魂的机器，预示着工厂化养殖。第四，尽管达尔文主义反对《圣经》的正统观念，将人类恢复到动物王国，但它仍然将人类置于动物生命的顶端，按照神经复杂性的层次结构排列。②

---

① Alan Bleakley, *The Animalizing Imagination: Totemism, Textuality and Ecocriticism*, p. xiv.
② Alan Bleakley, *The Animalizing Imagination: Totemism, Textuality and Ecocriticism*, pp. 30–31.

布莱克利的概括全面地表达了这样一种思想承续：正是因为西方思想中长久以来的对动物的蔑视和否定，造就了动物在现实生活中以及在文学文化中被贬抑的地位，以至于动物成为工具化利益的代名词，动物存在的意义被局限为医学实验品、满足人类需求的食物、动物园里被观赏的对象、陪伴人类的宠物以及其他人类消费品的来源等。可以说，动物所代表的被压抑的他者地位在西方文化中呈现出相当的紧迫性，所以生态批评试图努力对整个文化体系中动物的地位进行彻底的重新评估。

对于生态批评家来说，人与动物的密切关系使得动物表征研究成为去除人类中心主义偏见、以生态或生物中心的方式来表现自然的重要任务。在唐娜·哈拉维（Donna Haraway）看来，自然与文化的二元对立不仅有害，而且是多余的，因为我们今天生活在相互渗透的自然文化中。在我们所居住的自然文化世界中，人类和动物总是彼此的伴侣物种。她在《伴侣物种宣言》（*The Companion Species Manifesto*）中也指出，伴侣物种不仅仅指伴侣动物，它甚至包括植物、肠道菌群等有机生物。人类和非人类之间全方位地建立伴侣物种关系很有必要，人类也需要与其他物种互动与共生。哈拉维认为，"在20世纪晚期的美国科学文化中，人和动物之间的边界被彻底破坏了。独特性的最后阵地已经被污染了，甚至变成了游乐场——语言、工具使用、社会行为、心理活动，什么都不能真正令人信服地区分人类和动物……动物权运动并不是非理性地否定人类的独特性；

这些运动清楚地认识到跨越这种遭贬抑的、违反自然和文化的联系。"①包括人类在内的诸伴侣物种的演化和共存，明确地呈现为人类和人类以外的许许多多元素共同作用的结果，因而把人类专门确立为权利和责任的主体是荒谬的。借助对于科技与文化的共同发展、人类与伴侣物种的共同生存之关注，生态批评能够更加深刻地洞悉人类与非人类的更具道德性的共同栖居，在每一个尺度上包容差异，协同共生。

生态批评质疑种种视人类为掌控者而引发的动物问题和物种话语。因为人类不是生态网络的主宰，在某种激进的意义上，人类仅仅是生态网络的产物而已。"动物作为话语和制度实践的对象具有一种特殊性，这种特殊性赋予了它相对于其余他者话语的特殊力量和持久性。因为西方的'动物'形象（与机器人或半机械人不同）是文化和文学史的一部分，至少可以追溯到柏拉图和《旧约》……总是位于被称为'人类'的幻想形象所制定的构成性否定和自我建构叙事的核心。"②在后人文主义理论的背景下，动物问题所代表的非人类主体性的伦理和理论不一定仅限于动物的形式，甚至可以用来标记任何社会他者。从动物问题发散来看，由于种族、阶级、性别等差异形成的他者都会面临绝对权力的压迫，成为被控制对象，这就形成了构建生命共同体的障碍。

为了推进生态理想的实现，生态批评需要发展出更加多元的视

---

① [美]唐娜·哈拉维:《类人猿、赛博格和女人：自然的重塑》，陈静译，河南大学出版社2016年版，第319页。
② Cary Wolfe, *Animal Rites: American Culture, the Discourse of Species, and Posthumanist Theory*, p. 6.

野和路径。所谓多元的"生态批评",其特征是各种生态运动在审视自身议程时进行反思。正是这些运动提供了由生态忧思而引发的批评实践,也就是往往侧重于对或隐或显的"非生态"主流话语实践的批评。概括来说,"'生态批评'在此有双重含义:第一,具有生态意识的批判性实践,第二,这些实践反思性地审视自己的话语,或者通过文化研究、批判性社会学,以及文化或话语心理学等学科的批判性关注来促进这种审视"[1]。动物存在于文学的起源之处,动物研究是生态批评始终关注的重要领域。在生态批评中,文学与动物研究的交叉将文学中动物的广泛映射与关键的动物文本之详细阅读结合起来,提供了看待动物以及研究人与动物关系的新路径,这将有益于对文学批评和理论的重塑。在一定程度上,文学在其历史进程中,在史诗、寓言、诗歌、戏剧和各种形式的故事中,都运用了修辞来描述动物,或者描述人与动物的关系。这些修辞来源于现实,又超出了现实。文学中的动物既是真实的动物,又是想象的动物。相较于动物学、生态学等自然科学来说,"文学是人文学科中最能解释我们与世界接触的象征性特征的学科,它可以告诉我们一些关于动物的有价值的事物,否则我们会忽视这些事物"[2]。因为在文学中,任何科学、经济学和政治话语不能表达或不愿表达的内容都可以得到实现。

---

[1] Alan Bleakley, *The Animalizing Imagination: Totemism, Textuality and Ecocriticism*, p. xvi.
[2] Mario Ortiz Robles, *Literature and Animal Studies*, pp. ix-x.

第三节　作为单纯自然的荒野与田园

对自然主题的关注古已有之,"世界上最早的文学作品《吉尔伽美什》史诗,反映了两河流域上古人民探求自然规律和生死奥秘的心境和情感"[1]。而"自然书写"一词经常与非虚构散文体裁联系在一起。许多学者将其追溯到英国人吉尔伯特·怀特(Gilbert White)1789年的著作《塞尔伯恩博物志》(*The Natural History of Selbourne*)。怀特详细描述了他家乡周围自然环境中活生生的动植物。自然书写往往将抒情性、科学事实以及对自然的观察结合起来,通常也包含个人反思或哲学阐释。从吉尔伯特·怀特到蕾切尔·卡森等,自然作家一直以来广受欢迎,但对自然书写的学术兴趣直到20世纪末才随着生态批评的发展以及安妮·迪拉德(Annie Dillard)、巴里·洛佩兹(Barry Lopez)和特里·坦佩斯·威廉姆斯(Terry Tempest Williams)等美国自然作家的成功而出现。梭罗的《瓦尔登湖》以及利奥波德的《沙乡年鉴》和爱德华·艾比的《沙漠独居者》(*Desert Solitaire*)等作品都延续了这一传统,未受破坏的自然被视为国家遗产的一部分,并被视为个人(通常是白人男性)逃避社会限制和实现精神超越的地方。[2]

生态批评发展初期非常关注词语描绘所展现出来的自然世界,

---

[1] 习近平:《在文艺工作座谈会上的讲话(2014年10月15日)》,人民出版社2015年版,第16页。
[2] 参见 Karla Armbruster, "Nature Writing", in *Keywords for Environmental Studies*, Joni Adamson, William A. Gleason & David N. Pellow (eds.), pp.156-157.

其研究偏好明显地集中于英国浪漫主义和美国自然书写领域的文本，关注自然诗歌和荒野小说等体裁，探讨美丽如画的田园风光和罕有人迹的荒野之内涵。正是由于生态批评对于这种世俗意义上单纯自然的偏好，主流批评家们研究的文本是远离喧嚣的处所，是白人作家的自然书写，缺乏更为包容的批评视角，少有那些具备阶级和种族意识、能够表述人类与环境关系且具有文化多样性的研究对象。简言之，自然作为文化语境里的一个词语，也是表意系统里的一个符号。生态批评初期阶段中的"自然"，指涉的就是存在于人类之外、未受人类活动介入的，或者是即使受到人类介入但依然存留的物质世界，它持续关注的是造化之物，涉及人工之物的范畴尚未引起批评家们应有的重视。

作为单纯自然的代表，荒野和田园是各种文学和文化文本中长盛不衰的描述和隐喻对象。对荒野和田园寄托情怀的作家，连同将荒野和田园作为研究对象的各个领域的学者，集体反映出对人与自然关系的理解和向往。在生态批评的第一波浪潮中，生态批评学者对人与自然关系的思考集中表现为对荒野与田园概念和意象的强烈关注，他们以此作为生态中心主义的立足点，形成对人类中心主义思想的反拨。

"荒野，尤其是非虚构自然书写中的荒野，是19世纪末和20世纪初北美环保主义兴起的核心，这反过来又激发了20世纪90年代的生态批评。"[1] 早在19世纪，梭罗就提出了"野性是这个世俗世界的保留地"的重要论断；后来，历史学家弗雷德里克·杰克逊·特纳

---

[1] Greg Garrard, *Ecocriticism*, New York: Routledge, 2023, p.66.

(Frederick Jackson Turner)提出颇有影响的"边疆学说",强调荒野对塑造美国民族性格的意义和作用;到了20世纪40年代,利奥波德则指出,"荒野是人类从中锤炼出所谓文明的原材料"[①]。约翰·缪尔(John Muir)是梭罗最热情的追随者之一,他推动了将荒野作为美国文化认同的进程,并在环境保护活动方面做出了突出的贡献,其自然探险的文字广为流传。

在形形色色的自然书写中,荒野是一个非常重要的词,虽然它的内涵就像"自然"一样,总是处于变化中且很难毫无疑义地被接受。从20世纪60年代起,荒野站在了文明的对立面,并被当做自然的真实体现,同时也是美国文化的一项基本构成。荒野就在那里,但人们对荒野的认识和态度却根据在历史长河中的具体节点而有所不同。罗德里克·弗雷泽·纳什(Roderick Frazier Nash)所著的《荒野与美国思想》(*Wilderness and the American Mind*)开荒野思想史研究之先河,研究了变化中的荒野观念。在纳什看来,"荒野的最大敌人是人类中心论……人一定要尊重其他的生命,做一个模范的生物共同体的公民。这似乎是拯救荒野的唯一途径"[②]。这种反对人类中心主义的立场被初创阶段的生态批评所推崇,将人类当作共同体公民的呼声也在拯救生态危机的时代需求下表现出其前瞻性的优势。

"共同体的概念及其所伴随的尊敬,曾经抑制着人类在处理与自然的关系中的自我利益,现在其下滑的态势恰与文明的兴起成正

[①] 参见[美]罗德里克·弗雷泽·纳什:《荒野与美国思想》,侯文蕙、侯钧译,中国环境科学出版社2012年版,译者序第iii页。
[②] [美]罗德里克·弗雷泽·纳什:《荒野与美国思想》,译者序第v页。

比"①，纳什明确表述了自然与文明的对抗。那么代表自然的荒野与代表人类的文明是否是对立的二元呢？纳什系统地梳理了美国人在历史上对荒野态度的变化，将其阐述为从恐惧到欣赏，从征服到保护的转变。从词源上，纳什考察了荒野（wilderness）一词的产生，将其词源上的意义解释为"野兽出没的地方（wild-dēor-ness）"②，但并没有判定"荒野"的统一标准，这也并不能说明具有丰富象征性的"荒野"一词那复杂且有几分矛盾的定义。荒野究竟有多野？或者说荒野中到底允许多大程度的文明浸染？诸如此类的问题仍然难以解答。故而，纳什设计了一个环境光谱作为可能的解决办法，光谱的一端是纯粹的荒野，另一端则是纯粹的文明，中间的不同刻度意味着细微差异与混合内容。说到底，荒野与文明之间的差异是程度、比例和规模的问题，该环境光谱"强调的是强度的变化，而非黑白分明的绝对性"③，所以从荒野一端到文明一端之间的过渡区域，意味着从自然力量到人类力量的渐变过程，这种设想对瓦解荒野与文明、自然与人类的二元对立起到了积极的推动作用。

自18世纪浪漫主义文学开始盛行之后，荒野的意象从之前拓荒者眼中咆哮、芜乱、可怕的极恶之地逐渐转变为浪漫主义者心中壮美、如画、神秘的魅力处所。"到了18世纪中叶，荒野已经与美丽和神圣联系在一起，而先前它是被否认具备这些特质的。"④ 曾经被当做不曾遭受文明扰乱、远离人类活动侵袭的荒野提供了充分的想

---

① ［美］罗德里克·弗雷泽·纳什：《荒野与美国思想》，序言第 xii 页。
② ［美］罗德里克·弗雷泽·纳什：《荒野与美国思想》，绪论第 2 页。
③ ［美］罗德里克·弗雷泽·纳什：《荒野与美国思想》，绪论第 5 页。
④ ［美］罗德里克·弗雷泽·纳什：《荒野与美国思想》，第 43 页。

象空间，成为逃脱俗世纷争、享受自由狂欢的理想乐土。生态批评受到浪漫主义文学观的影响，试图在生态危机中反思纠正人类对自然的无度索取、肆意滥用与傲慢征服，因此将荒野作为天然、原始、逃离人类之负面环境影响的象征，以及野生自然的代名词。生态批评家试图以荒野这种纯粹自然的意象去唤醒人对单纯自然的赞赏、敬畏与向往，消除仅将自然视为资源和工具的倾向，缩减人对自然的过度干预，构筑人与自然的和谐关系以应对生态危机。

"环境伦理学之父"霍尔姆斯·罗尔斯顿在《哲学走向荒野》（*Philosophy Gone Wild*）中表达出的观点是，一种深刻的哲学应当将自然与文化视为互补的关系。他认为，"一个人如果对地球生命共同体——这个我们生活和行动于其中的、支持着我们生存的生命之源——没有一种关心的话，就不能算做一个真正爱智慧的哲学家"[①]。他倡导当代哲学的荒野转向，呼吁遵循自然，承认自然的内在价值。罗尔斯顿希冀存在一种根本的、自然主义意义上的伦理，将自然事物本身作为道德考虑的对象。人类的兴旺繁荣与其他物种以及生态系统的兴旺繁荣相辅相成，故而"我们需要的似乎是这样一种伦理：它是把人类与其他物种看做命运交织到一起的同伴"[②]。在罗尔斯顿的伦理观里，人类、生态系统及其包括的其他物种构成一荣俱荣、一损俱损的密切关系。

此外，曾获得约翰·黑自然书写奖的加里·斯奈德（Gary Snyder）也是一位书写荒野的经典作家，其诗歌和散文反映出深刻的

---

① ［美］霍尔姆斯·罗尔斯顿Ⅲ：《哲学走向荒野》，刘耳、叶平译，吉林人民出版社2000年版，"一个走向荒野的哲学家"（代中文版序）第11页。
② ［美］霍尔姆斯·罗尔斯顿Ⅲ：《哲学走向荒野》，第3页。

生态思想，其创作立意大多涉及人与自然关系的亲密无间。斯奈德在他的散文集《禅定荒野》(The Practice of the Wild) 中，表露出对自然、荒野和人类的无尽热爱，指引读者走向荒野，重新栖居，领略荒野自然的神秘与魅力。斯奈德对多个涉及人与自然的议题进行了深刻反思与充分论述，这使该书成为阐述荒野、表达自然与文明之相互作用的经典文本。他"强调对山水草木的保护及人与自然的融合，且提出了一条解决当今生态危机的重要路径——保护荒野和保持野性"[1]，因而意义深远。斯奈德认为，人类需要的文明，是一种能与荒野融为一体，且富有创造力的文明。他考察了"自然""荒野"及"野性"的丰富意义，在他眼中，"荒野——常常被所谓的'文明'思想家视为野蛮和混乱而加以排斥，可实际上它不偏不倚、始终如一、近乎完美地合乎规则且自由自在。荒野展示了地球上动物、植物以及包括我们人类自身在内的丰富多彩的生活，呈现出暴风雨、狂风、宁静春晨的景致。对我们赖以生存的世界来说，这是一个真实的写照"[2]。为了在万事万物之间形成和谐恰当的关系，斯奈德在名为"自由法则"的一章中，提出应当建立"契约" (compact)，以此在荒野所代表的自然中，通过有序、共荣的人与万物之间的"契约"关系，达成人与万物长久的和谐生存状态。

除了"荒野"作为第一波生态批评浪潮的关键词之外，"田园"也是这一阶段里特别受重视的词。特里·吉福德 (Terry Gifford) 在《田园》(Pastoral) 中阐明了田园诗或者田园文学的不同用途以及这

---

[1] [美] 加里·斯奈德：《禅定荒野》，陈登、谭琼琳译，广西师范大学出版社 2014 年版，译者序第 5 页。

[2] [美] 加里·斯奈德：《禅定荒野》，前言第 16 页。

一流派的历史,将其起源追溯到古典时期假想的牧羊人之诗意对话,又叙述其在伊丽莎白时代的戏剧,再到波普、华兹华斯和克莱尔的田园诗,乃至在最近的乡村小说、旅行写作和当代美国自然书写中的表现。此书从阿卡迪亚的构建开始,通过细读文本的方式,基于生态批评视角回顾了撤退、回归的田园冲动。在传统田园理念的基础上,吉福德又提出反田园和后田园的理论,探索人与自然环境重新联系起来的方法,试图治愈人与自然的疏离。

吉福德考察分析了传统"田园"的三种不同用法:首先,是一种有着悠久传统的历史形式,"始于诗歌,发展为戏剧,最近在小说中得到认可";其次,指"任何以隐含或明确的对比来描述乡村与城市的文学",比如具有乡村背景,或者关注并享受自然;最后,是对"乡村现实生活的理想化",这种对自然的简单颂扬致使"田园愿景过于简化",因而未能以生态关怀的标准来判断"自然的文学表现与物质现实之间的差异"。[1] 这三种用法可以概括为:文学惯例、乡村文学,以及理想化的贬义词。吉福德意在澄清而非明确区分,因为这些用法可能在作品中交织出现。事实上,田园一词是指任何描述乡村与宫廷或城市对比的文学作品。主题而非形式成为田园模式的核心。

怀旧是田园文学的一个基本要素,它总是采取一种屡屡回望的模式,比如对过去黄金时代的回忆。在很大程度上,田园文学代表了一种理想化的纯真诗意生活,广阔荒野、梦幻花园,试图用语言构造出一个更加美好光明的未来。但实际情况是,乡村并不是安宁祥和的乌托邦式乐土,庄园里对自然的剥削和对人的剥

---

[1] Terry Gifford, *Pastoral*, New York: Routledge, 1999, pp. 1-2.

削依然并行，村民仍旧会被资本驱逐和压迫。不尽如人意的真实生活总归需要反抗和前进的动力，田园意象构建出的替代愿景虽然有积极的理想、有希冀的未来，但它无法表达越来越复杂的人与生态系统的紧张关系，也缺乏指导未来行动的力量，所以田园文本中对阿卡迪亚式无辜原始状态的自然进行的勾勒，得失尽在理想化。田园文学构建出一种话语，一个与现实主义不同的乐土。但是随着时代的发展和现实问题的涌现，生态批评家们审视作者呈现的田园世界观的框架，田园传统受到了抨击。田园文学因寻求在乡间避难、逃避现实而为人诟病，因为它可能有选择性地反思乡村生活并简化了复杂的社会现实。

除了描绘传统田园的历史外，过去关于自然世界的书写中也不乏蛮荒严酷的原野、风雨肆虐的冰原、野狼出没的山谷等可怕场景。大约自17世纪末开始，随着现代科学和工业技术的兴起，崇高的概念复兴，促使人们对广阔的荒野、狂野的风暴、巨大的山脉、汹涌的洪流以及更普通的乡村景色感到欣喜。到了18世纪，舍夫茨别利（Anthony Ashley Cooper Shaftesbury）、埃德蒙·伯克（Edmund Burke）、伊曼努尔·康德（Immanuel Kant）对崇高的进一步推广或理论化，开启了关于自然世界的新思维方式。19世纪，浪漫主义对自然世界的特别关注在当时的英国文学中得到了广泛的体现。关于生命斗争的进化观念开始出现在文本中，对农村生活的描绘显示出农村不再是田园般安逸闲适的地方。美国自然主义文学将关于遗传和环境斗争的进化论假设应用于严峻的环境。之后，人类发展的广阔前景一直萦绕在欧洲和美国的文学作品中，20世纪的进化生物学和生态动力学等科学研究连同物种减少、气候变化等现实因素，对文学探索提出了挑战。

利奥·马克斯（Leo Marx）在其著作《花园里的机器：美国的技术与田园理想》（*The Machine in the Garden: Technology and the Pastoral Ideal in America*）中，探讨了他所说的美国后浪漫主义工业形式的田园。雷蒙·威廉斯的《乡村与城市》（*The Country and the City*）根据环境变化及其与工业主义、政治权力和殖民主义的关系，对田园传统进行了批判性的重新评估。安娜贝尔·M.帕特森（Annabel M. Patterson）在《田园与意识形态》（*Pastoral and Ideology*）中则展示了每个时代是如何根据批评家的意识形态和价值观重新诠释田园的。在其论述中，田园可以是对当前社会的一种政治批判模式，也可以是一种关于该社会紧张局势的未解决之对话的戏剧性形式，或者可以从政治中撤退到一个明显没有冲突和紧张的美学景观中。

罗杰·塞勒斯（Roger Sales）总结了威廉斯对田园的批评，他认为可以用五个以字母R开头的词来代表：避难（refuge）、反思（reflection）、拯救（rescue）、安魂曲（requiem）和重建（reconstruction）。[①]"避难"是指田园逃避的元素，"反思"是指田园寻求过去的既定价值观的回望趋势，这需要在怀旧的"安魂曲"中进行"拯救"，这也是政治保守的历史"重建"。[②] 在威廉斯颇具影响力的著作分析中，田园诗对自然

[①] Roger Sales, *English Literature in History* 1780–1830: *Pastoral and Politics*, London: Hutchinson, 1983, p. 17.
[②] Terry Gifford, "Pastoral, Anti-Pastoral, and Post-Pastoral", in *The Cambridge Companion to Literature and the Environment*, Louise Westling (ed.), New York: Cambridge University Press, 2014, p. 21.

理想化的倾向，它在景观表现上的历史不可靠性，以及它对英国乡村在文化阶级中的作用的表述，使生态批评家倾向于认为田园文学在寻求以一种过分简单的方式来拯救生态和谐与平衡。

面对现实的生态危机，时代呼唤一种成熟的环境美学而非避世的环境美学，旧有的田园模式陷入理想主义中，需要转变为适应现实需求的当代田园意识，从而避免理想化的陷阱，而不会产生虚假的意识。这意味着要寻求一种既能颂扬自然，又能对自然承担一定责任的话语，"一些文学已经超越了田园和反田园的封闭循环，实现了包括人类在内的整体自然界的愿景"[1]。布伊尔也阐述了他对于这种修正型田园意识的看法，"随着这种以生态为中心的对田园的重构日益强化，它的核心关注点已经开始从将自然作为人类事件的舞台来表现，转变为倡导将自然作为其本身而存在来表现"[2]。此外，田园风格具有多样性，它可以包含乡村和城市、艺术和自然、人类和非人类、社会和个人之间的紧张和矛盾，这些表现使得田园文学不再局限于单一的文化框架。

生态批评正是在这种背景下发展起来的，它立足于文学与现实之间，在某种程度上恢复了对自然世界的田园理想和浪漫态度，但同时也受到了现代生态学的启发，对被人类技术日益破坏的生态环境的脆弱性做出了回应。生态批评的发展促使人们通过现代生态视角重新阅读早期文学，当然包括反映人与自然关系的田园文学。生态批评不仅关注文本作者对自然的态度，还关注文本作者如何表达

---

[1] Terry Gifford, *Pastoral*, p. 148.
[2] Lawrence Buell, *The Environmental Imagination: Thoreau, Nature Writing, and the Formation of American Culture*, Cambridge, MA: Harvard University Press, 1995, p. 52.

人类和非人类之间以及非人类世界不同部分之间的相互关联，批判人如何试图征服物种、控制和剥削环境。所以吉福德用"反田园"这个概念来表达"自然世界不再被建造成'梦想之地'，而实际上是一场没有神圣目的之生存战"[1]的自然书写态度。并且他也阐明了反田园之于田园传统的差异及其产生原因，"到目前为止，反田园传统似乎只是基于暴露现实与田园传统之间的距离，而这种距离是如此明显，以至于削弱了传统被接受的能力。但这种距离不仅可能是由经济或社会现实造成的，还可能是由反田园文本或许暴露的田园文化用途造成的"[2]。

吉福德认为，生态批评可能是当今时代的框架，它以一种新的对"环境"的关注，而不是对"乡村""景观"或"田园"的关注为依据，随着人们知识、态度和意识形态的改变，涉及自然的文本与城市化读者之间的关系也发生改变，所以要综合考虑反田园的证据和20世纪英国文化中贬义使用该术语的情况。田园不仅是一个有争议的术语，而且也是一个非常可疑的术语，这就是我们所处的文化定位。[3]尽管如此，在自然书写中，怀旧、退隐和回归的田园冲动依然存在。

如布伊尔所言，"田园主义是西方思想两千多年来不可或缺的一种文化配备"[4]。生态批评根据当前的环境问题重新评估包括田园文学在内的丰富文学传统，适应新语境并适当改良，意识到理想化会

---

[1] Terry Gifford, *Pastoral*, p120.
[2] Terry Gifford, *Pastoral*, p128.
[3] 参见 Terry Gifford, *Pastoral*, p. 147.
[4] Lawrence Buell, *The Environmental Imagination: Thoreau, Nature Writing, and the Formation of American Culture*, p. 32.

逃避现实的危险，同时寻求人与自然之间某种形式的调和。吉福德的"后田园"一词具有了更微妙的田园参与形式。此处的田园文学可以被视为一种文化功能，而不是一种规范文本的体裁，或者一种关于自然的话语模式，它在对传统的改造中蓬勃发展。"后田园"这一概念，超越了田园传统的局限性，同时继续探索其有效维度。"后田园"里的"后"与"后现代""后殖民"或者"后人类"等术语里的"后"并不相同，它不是指"之后"，而是指"超越"田园的局限性，同时在田园传统中得到认可。所以"它不是时间性的，而是概念性的，因此可以指任何时间段的作品……它并不意图展示归隐田园题材的阅读和书写现在必须融入对生态威胁的认知。显然，只有当代作品才能具备这种后田园特征。它也不仅仅描述了通过归隐叙事来唤起读者环保责任感与行动紧迫感的作品，尽管这可能适用于一些当代爱尔兰诗歌"[①]。在吉福德的观点中，后田园文学最适合用来描述那些成功地表明打破人类与自然之间的疏离与孤立，同时还意识到其中所涉及生态问题的作品。文学需要与现实相联系而非脱节，需要探索如何将人与自然的关系发展为一种稳定、和谐的形式，这个关系网既包括微观生态里的物种与物质，也包括宏观生态里的家园与星球，从而在动态发展、协同调节中容纳多样性和差异性。

对于生态批评学者来说，此类关于自然、荒野或田园景观的文学呈现充满了对乡村生活的怀旧和逃避现实的幻想，越来越脱离实

[①] Terry Gifford, "Pastoral, Anti - Pastoral, and Post - Pastoral", in *The Cambridge Companion to Literature and the Environment*, Louise Westling (ed.), p. 26.

际，与生活或环境问题关联甚微，即传统定义的自然书写强化了文化和自然的分离甚至对立，忽视了大多数人生活和工作的处所，即城市和郊区。所以这种自然书写也被诟病为简单地以特权阶层的经历和认识论为特征，而忽略了经常遭受环境非公正的边缘群体的呼声。真正的自然书写应当传达人类和非人类之间的相互联系和相互依存。在后续的几次浪潮中，生态批评继续探索"自然"之奥义，并在促进人与自然和谐共生的道路上持续努力。

第三章　环境公正浪潮中的生命共同体思想

"环境"作为生态批评不可或缺的研究对象，在生态批评发展初期显示为对单纯自然环境的集中关注。远离喧嚣的荒野、人迹罕至的森林、如诗如画的田园，它们或淳朴天然，或崇高壮丽，都是诗意栖居的象征。然而这些叙事话语中彰显或隐匿的深层生态学倾向，即完全的生态中心主义逐渐受到了一系列质疑。对社会因素和人类作用的回避是否有助于环境问题的解决？是否有利于环境价值显现和环境实践引导？生态批评发展史是否可以作为生态的历史化与历史的生态化之紧凑话语联合？来自学界内外的追问和质疑促使生态批评寻求批评思路的新支点来适应现实语境，由此出现结合环境公正思想的契机。

第一节 从单纯自然到物质环境

环境公正思想来源于环境伦理学,当它介入生态批评,进而影响到生态批评中的生命共同体思想时,生态批评开始关注以往受到忽视的人类弱势群体之环境权益。生态批评体系中的种族、阶级和性别维度的添加使得生命共同体思想正视人类内部的群体差异而寻求把伦理关怀覆盖到个体和整体,探索如何在人类群体内部通过环境公正诉求来实现人对自然的全面保护。环境公正生态批评秉持理论与实践相结合的学术立场,从批评理论上升到唤醒生命共同体意识的层面,进而促进生态实践。迄今为止,西方生态批评的发展历经的每一次浪潮,都并不是对前次浪潮的取代和更替,而是在之前基础上的反思、修正。它们彼此之间息息相关,共同推动生态批评的绿色进程。在这几次浪潮中,第一次到第二次的转向尤为重要。环境公正思想与生态批评的连接使得生态批评的理论视野愈加宏大,学术内涵更为深刻。从生态批评第一次浪潮关注"自然"到第二次浪潮关注"环境"的转向,在很大程度上拓展了生态批评的研究范畴。

20世纪90年代起,一些生态批评家就已经发现了单纯自然书写过度理想化的特点。路易斯·韦斯特林(Louise Westling)在《梭罗对自然母亲的矛盾心理》("Thoreau's Ambivalence Toward Mother Nature")一文中指出:"(梭罗)描述的在瓦尔登湖畔的大多数经历都是在一种传统观念下不受约束的柏拉图境界里,由文学和哲学影射所定义的。不过,梭罗真正追求的是,在被殖民剥削所侵害的风景和想象的荒野伊甸园之间进行协商……至少,梭罗付出巧妙、多面、热情的努力去过一种不同于所处文化强加给他的现实生活,他通过记录这些使问题戏剧化了。"① "柏拉图境界"表露出诗人超然物外、对自由自在生活的向往,而现实却是自然风光"被殖民剥削所侵害"。不管是人为因素还是文化因素都影响并塑造着现实生活,即便是自然,也只是头脑构造出的理想化自然形象而已,实际上并非阿卡迪亚般的纯粹梦想之地,亦非纯粹客观的存在。

1997 年,T. V. 里德(T. V. Reed)敏锐地捕捉到了生态批评的最新发展态势,将其称之为环境公正生态批评。这种立场以"环境"为出发点,视域有所扩展,把多种景观和现实题材纳入研究范畴中。也正是从这个时候开始,生态批评内部关于环境责任感和环境伦理立场的争论较之以往更加激烈,也更加注重社会取向。布伊尔对这种"环境公正"的转向非常赞同,在关于环境危机的文学想象中表明了两点:首先是文学研究中的环境批评越来越朝向社会公正和平等问题,"环境"概念已然扩展到超越单纯自然的范围;其次,批评家的言说立场不仅基于人类的本质需求,同时也兼顾到非人存在物的命运和状态。② 生态批评的研究范畴从自然扩展到环境,反映了学界对环境危机的密切关注。学者们通过解读和诠释文学和文化文本而表现其批评立场,目的不仅是为了强调现实物质环境的恶

---

① Louise Westling, "Thoreau's Ambivalence Toward Mother Nature", *Interdisciplinary Studies in Literature and Environment*, Volume 1.1, (1993), p. 149.
② [美] 劳伦斯·布伊尔:《环境批评的未来:环境危机与文学想象》,刘蓓译,北京大学出版社 2010 年版,第 140 页。

化，更是为了唤起人类自身环境伦理意识，以学术话语观照现实语境，进而介入并拯救环境危机，重塑人与环境之间和谐依存的共生状态。

同"自然"概念具有丰富内涵一样，"环境"一词的意识形态和承载意义同样复杂而深刻：首先，从"environment"的词源来看，根据《牛津英语词典》，该词可追溯到中古法语"environs"。在最近的两个世纪里，人们把环境当作宽广开阔的自然空间来理解，这与早期现代人的理解颇为不同。那个时代的人把"环境"当作名词来用，意指"被围绕或包围的状态"，同时也将它用作动词，意为"环绕、围绕或包围某事物的行为"。也就是说，在18世纪，"环境"指"包围某地或某物的区域"。直到20世纪，"环境"这个术语才用来代表自然界，但即便如此，"环境"也意味着"同样受到人类活动影响"的周围物质事物。除此之外，"环境"的另一个定义可以追溯到19世纪中期，与20世纪末生态学的理解非常相似。"环境"被认为是"人或其他有机体生存、发展等活动所处的，或是事物存在的物质环境或条件；总体上影响有机体或物体的生命、存在或性质的外部条件"[①]。其次，生态批评作为文学与环境的跨学科研究领域，致力于在文学研究的视域中反思当代环境危机的根源，其环境概念颇受环境伦理学和环境政治学的影响。"环境"一词的优势在于，它更能概括生态批评研究对象的复杂性质，既对早期的自然文学有所突破，又对人工环境和环境公正问题有所涉及，已然具备了自然和社

[①] Vermonja R. Alston, "Environment", in *Keywords for Environmental Studies*, Joni Adamson, William A. Gleason & David N. Pellow (eds.), p. 93, p. 95.

会双重维度。而且，自然环境与人工环境之间并非壁垒森严，"一切'环境'实际上都融合了'自然的'与'建构的'元素"①。在人类文明的发展历程中，自然一向受到人类的重塑，尤其自工业革命之后，都市景观与人建环境对生态批评来说，其重要程度并不次于荒野。由是观之，生态批评中环境概念的内涵并不仅仅限于自然之范畴，它同时也延伸进入社会环境，并把文化维度纳入考量的范围之中。不管是自然环境还是社会环境，人与环境之间相互影响、相互塑造，这是文学与环境的跨学科研究无法回避的现实。

自然不仅是空间开阔、远离人烟的野外，同时也存在于城市之中，与人建环境、人类文化在城市中交汇。城市自然的概念使生态批评关注的对象从未受人类活动浸染的单纯自然转变为与人类行为互动的物质环境，深化了对于人与自然和谐统一的认知，也突破了对自然、文化与环境的自我限制性约束。生态批评过去通常与自然书写的文学分析联系在一起，但是自从20世纪90年代中期之后，该领域扩展到了包括城市环境的文化研究。生态批评视野中城市环境的加入重塑了人们对自然和生态的看法，让过于理想化的对"未受破坏的自然"栖息地的欣赏与社会因素相关联，从而更加贴近人类的居住地与日常生活，更加立足现实地面对环境问题，并呈现城市环境中的诗意自然。

2005年布伊尔有感于生态批评主题发生的环境公正转变，提议以20世纪90年代中期为界划分出第一、二次浪潮，生态批评从此前

---

① ［美］劳伦斯·布伊尔：《环境批评的未来：环境危机与文学想象》，序言第9页。

对自然和荒野主题的推崇演变为之后对环境公正的关注。[①] 生态批评第二次浪潮中的"自然",不再仅限于远离人群的处所,而是从荒野、田园逐渐扩大到城郊和都市,形成城市中自然的转变。自这一时期开始,"城市自然"一词在生态批评著述中时常作为研究对象被提及。阿什顿·尼科尔斯(Ashton Nichols)通过对梭罗《瓦尔登湖》的重新解读发掘出生态批评研究的新意,在城市自然的框架中,"城市生活和自然并不像我们长期以来所认为的那样截然不同",而梭罗将"对非人类世界的理解与对野性概念的更广泛理解联系起来"。[②]

尼科尔斯举例说:"鹰栖息在中央公园东的摩天大楼上,猫头鹰在纽约市中心的曼哈顿筑巢。世界各地皆是如此。野生和半野生动物遍布于我们的城市和郊区的空间。"[③] 繁华都市的街道上与群山之巅的树木都没有脱离自然,诸如此类的自然融入城市、城市包含自然的例子随处可见,这证明了"城市自然"所反映的,"人类和非人类的生活以复杂且必然相互联系的方式联系在一起"[④]。因此,并非罕有人迹的野外才算真正的自然,人类及人类文化从来都不曾也不能脱离自然。尼科尔斯认为梭罗早在1845年就清楚这一事实,他的自然书写中不仅有生动的自然景象,也充满对生活方式的深刻思考,而这种生活方式不仅可以在马萨诸塞州康科德的林地里得到实践,

---

[①] Lawrence Buell, *The Future of Environmental Criticism*: *Environmental Crisis and Literary Imagination*, p. 138.
[②] Ashton Nichols, "Thoreau and Urbanature: From Walden to Ecocriticism", *Neohelicon*, 36. 2 (2009), p. 347.
[③] Ashton Nichols, "Thoreau and Urbanature: From Walden to Ecocriticism", *Neohelicon*, 36. 2 (2009), p. 347.
[④] Ashton Nichols, "Thoreau and Urbanature: From Walden to Ecocriticism", *Neohelicon*, 36. 2 (2009), p. 348.

还可以在任何一处的市中心加以实践。而且，尼科尔斯指出，认为瓦尔登湖地处偏僻，这是读者产生的错误印象，真实情况是，瓦尔登湖距离康科德镇只有一英里半，梭罗随时都可以回到城镇里，从瓦尔登湖畔呼啸而过的火车也彰显着人类的印记。

总体来看，瓦尔登湖之于梭罗的意义，在于它"既是一个物理场所，也是一种精神状态"[1]。梭罗并非遁世之人，反而富有政治良知，他曾写过《论公民的不服从》("Civil Disobedience")的文章，并且还关注奴隶制、贫困和墨西哥战争，对自己周围的各种生命也表现出拳拳关爱，"没有人在无忧无虑地打发走童年之后，还会滥杀任何生物的生命，因为生物与他一样，具有生存的权利"[2]。这种共同体思想体现在梭罗以动植物为同伴的意识中，松鼠、蜘蛛、黄蜂、百灵鸟，甚至正在开花的植物等，都是梭罗眼中因为给予他陪伴而值得珍惜的对象。梭罗借助自然寻求自由，要理解梭罗，不能局限于荒野，而是要追寻心中的"野性"，这种解读发掘出梭罗对人们将自我思想野性化的期待，而这种野性化的结果会帮助人类和非人类世界之间形成更紧密的联系；人们不应该从人类社会中抽身离去，而应该把野生世界带回人类社会中来，把对自然的感受和感悟融入城市生活中。[3] 火车从城市驶来，从象征自然野性的瓦尔登湖畔呼啸而过，奔向下一个城市。自然不是在城市的界标处戛然而止。

生态批评在生态中心主义浪潮中经过约 20 年的发展，声名渐起，

---

[1] Ashton Nichols, "Thoreau and Urbanature: From Walden to Ecocriticism", *Neohelicon*, 36.2 (2009), p.349.
[2] ［美］亨利·戴维·梭罗:《瓦尔登湖》，第 178 页。
[3] 参见 Ashton Nichols, "Thoreau and Urbanature: From Walden to Ecocriticism", *Neohelicon*, 36.2 (2009), pp.350–351.

但对于城市环境方面进行的文学研究进展却很缓慢。如前一章所述,第一次浪潮中的生态批评与一系列自然书写、田园理想等文学生态学作品高度相关。在一众专注欣赏歌颂单纯自然的作品中,以雷蒙·威廉斯的《乡村与城市》为代表的极少数作品未曾遵循主流趋向,却将城市文学研究与田园和文学生态研究相结合,为城市生态文化批评奠定了基础。

作为著名的马克思主义文化批评家,威廉斯对英国文学中有关乡村和城市的描述和论断进行梳理分析,批判了文学与文化研究中错误的城乡观念。他对"黄金时代""快乐的英格兰"等怀旧且理想化的田园主义观念予以驳斥,因为这种观念无视了历史事实和部分文学作品中呈现的乡村剥削与苦难。通过对田园诗传统的考察,威廉斯立场鲜明地反对田园诗的戏剧化和浪漫化,他一针见血地指出:"田园诗或'乡村隐居'诗歌的问题被再三搁置,取而代之的是自信的回溯注解。……现在我们应该把这种做法称为诈骗了。学术雕饰已经形成了一种追溯影响的习惯……"①"现在乡村的一般意象是一个有关过去的意象,而城市的一般意象是有关一个未来的形象",在过去与未来之间,"'现在'被体验为一种张力",威廉斯清楚地看到乡村意象与城市形象的分裂和冲突,并认为需要"按照这种分裂和冲突的实际情况来面对它"。②

同时,威廉斯中肯地分析了城市在进步及兴盛的背后存在的各种问题,也批判了对资本主义本质认识不清的城市进步主义观念:

---

① [英]雷蒙·威廉斯:《乡村与城市》,韩子满、刘戈、徐珊珊译,商务印书馆2013年版,第25页。
② [英]雷蒙·威廉斯:《乡村与城市》,第401—402页。

"对大都市工业主义专门化力量的过分信心达到了疯狂的程度,而这过分的信心把我们带到了这样一种境地:不论我们如何精确地评估,人类生存所面临的风险都正变得越来越明显……"① 如同威廉斯在书中将伦敦描述为"光明之城与黑暗之城"一样,他向读者展示了只有辩证地看清对象的全貌,才对剖析事物本质有所助益,无论乡村田园主义还是城市进步主义的非辩证、非真实的视角都不适合发展对危机的抵御能力。在《乡村与城市》中,威廉斯将文学表现与历史事实交融起来,揭示出"所谓'乡村'和'城市'之间的对立也不过是表面现象"②,二者之间具有相互作用和张力,并非对立的关系,这就打破了乡村与城市的二元分立。在他的文化唯物主义思路中,"在阅读诗歌以寻找意识形态或隐或显的证据时,威廉斯发现了一种文学表现的生态,在这种生态中,田园和都市流派不仅相互回应,而且对那些社会变化做出回应,这些变化的影响永远不会只局限于乡村或城市"③。威廉斯结合田园与城市诗歌传统的分析路径表明,自然与城市的互动一同构成了物质环境。

人类与野外、城市与自然的相互渗透揭示出,城市并没有与自然分离,它们都是整体环境的一部分,人类的文化家园与非人类的自然家园其实汇聚于同一个地方——城市自然。城市自然这一主题由此在梭罗、威廉斯等人的名著里得到印证,并提供了城市文化分析中经常缺席的生态要素,以及当代文化环境研究方法中经常缺乏

---

① [英]雷蒙·威廉斯:《乡村与城市》,第406页。
② [英]雷蒙·威廉斯:《乡村与城市》,译序第5页。
③ Michael Bennett & David W. Teague (eds.), *The Nature of Cities: Ecocriticism and Urban Environments*, Tucson: The University of Arizona Press, 1999, p.35.

的城市视角。通过弥合环境主义、文化研究和城市经验之间的历史鸿沟，城市自然加深了我们对城市空间的理论和批评的理解，为思考自然世界的含义增添了历史、文化和社会的维度。从单纯自然到物质环境的拓展，赋予了生态批评更加广阔的研究空间和更加契合共同体思想的研究方向。综合自然与文化的物质环境消解了自然与文化的二元对立，体现了各类人群之间，以及人类与非人类存在之间的互动关系。于是，环境公正生态批评打破了横亘于乡野与都市之间的那些由人为因素历史地生成的壁垒。

第二节　环境公正与生态批评的会通

在生态批评发展的进程之中，批评家们自20世纪70年代起，努力发展具有环境保护意识、以生态和谐为旨归的理论体系。在初始阶段的第一波浪潮中，生态批评家对纵情自然、田园怀旧的自然书写情有独钟。随着现实生态危机的加重，环保活动家反对阶级、种族、性别特权的意识凸显，对以往关注单纯自然的避世倾向提出了质疑。早期生态批评具有偏重纯粹自然和荒野描写而回避社会和文化因素的学术倾向，这种过于理想化的学术立场使其陷入理论困境，迫切需要经过重写与修正来实现新语境里的建构。作为生态批评的重要方法之一，环境公正生态批评吸收了来自环境公正运动的思想，使得生态批评的研究视域空前扩大，文本范畴亦有拓展，且更贴近现实生活。

环境公正思想伴随现实环境运动的发展，在美国有色人种的社区行动中显现出来。环境公正运动兴起于20世纪70年代，其中一个著名的标志性事件是1982年沃伦县民众强烈反对在当地填埋巨量有毒废弃物。在主流环境保护主义风行的年代中，殖民主义、种族主义和排外思维造成各种剥削和压迫，多种社会因素左右着资源的归属和污染的分布，权势阶层强势霸占有限的资源与清洁的环境，而弱势群体很难获得环境权益，更易成为环境非公正受害者，不成比例地承受着各种环境危害。在地球生态承载力有限的状况下，争取环境公正成为环保主义运动的重要组成部分。环境公正运动逐渐形成争取平等环境权益的全球网络，其"环境"内涵并非纯粹的自然，而是"居住、工作、玩耍和敬拜的地方"[1]。这种对环境的定义消解了文化与自然的分野，将关系性的"叠加"和"之间"纳入考察范围。

1991年，在美国华盛顿召开了"首届有色人种环境保护领导人峰会"，该峰会通过的17条"环境公正原则"成为此后环境公正运动的纲领性文件。以其中第4条和第6条原则为例，它们分别对毒性物质的环境非公正现象予以详细说明：环境公正要求普遍地保护人们不受核试验的威胁，不受提取、制造、处置有毒/危险废料以及毒性物质的行为所造成的威胁，从而享有洁净的空气、土地、水和食物之基本权利；环境公正还要求停止生产一切毒性物质、危险废料和放射性物质，并要求过去和现在的所有生产者必须严格对民众负责，承担清理生产地点的毒性物质以及遏制其扩散的全部责任。[2] 所

---

[1] Joni Adamson, Mei Mei Evans & Rachel Stein (eds.), *The Environmental Justice Reader: Politics, Poetics and Pedagogy*, Tucson: The University of Arizona Press, 2002. p. 4.
[2] 参见 Steve Vanderheiden, *Environmental Justice*, New York: Routledge, 2016, p. 119.

以，有毒物质从一开始就是环境公正运动关注的焦点。以"环境公正17条原则"获得通过为代表的一系列事件促使环境公正运动及思想蓬勃发展，迅速影响到后殖民主义、种族批判、生态女性主义和民族研究等领域，生态批评也在这种作用下反思并响应，取得了推动公平正义环境进程的重要进展。

对当时的主流环保主义者来说，环境保护的优先事项是对荒野和自然的保护，是对野生动物的保护，是土地合理利用、水质控制等等，与人类健康和生存、社区和工作场所污染以及经济可持续性发展相关的问题通常不被纳入环保议程，一些严重影响到城市居民的卫生和污染问题也并不能受到重视，如在穷人或有色人种聚居地旁边建造危险垃圾填埋场、焚烧固体废料排放有毒气体等。此外，许多活动家认为主流环保主义要么专注于反对城市发展的运动，要么完全漠视对于城市社区的关切。开展环境公正运动的许多社区组织位于全国各地工业化城市中心及其周边的低收入和工人阶级社区，这些社区面临的关键问题包括劣质住房中的铅和石棉中毒、有毒废物焚烧和倾倒，以及普遍的失业。随着挑战主流环境保护观念的环境公正运动兴起，在少数民族社区里不成比例地设置有毒场所、因环境立法不公正而给穷人带来更大的环境负担，以及其他生态危害促使种族生存的环境空间被极大地压缩，这种只针对有色人种聚集的城市社区的环境歧视成为环境保护运动新的论争点。生态批评学者寻求在环境公正运动框架内解决这种环境上的种族主义问题，将生态批评与环境公正思想进行结合，为此提供了一种包容性、多元性的解释，放大了对"环境种族主义"和城市环境之社会非公正的抗议声音。

环境公正不仅与环境有关，同时也涉及社会公正和经济公正的问题。环境公正运动促进了边缘化群体的反抗，借此争取被剥夺的环境权利以及免受被施加的环境危害。卢克·科尔（Luke Cole）与希拉·福斯特（Sheila Foster）认为，可以从内外两个方面来分析环境公正，内部视角来自社区成员与环境退化进行日常斗争的经验，以及他们与控制其生存环境、剥夺其权利的机构和组织进行斗争的日常经验；而外部视角则来自导致环境退化的政治经济，包括不受支持的社区所制定的环境决策结构。[①]有毒废弃物堆放地的选址、污染场所的清理、危险从业环境的管理，以及环保决策的发声权利等等，都属于环境公正运动内容，因此导致斗争的多元性与复杂性。

当环境公正运动精神被运用于贫困社区和有色人种社区的环境斗争时，生态意识和"环境"本身的含义在此过程中得到了重新定义。民权运动、反毒物运动、学术研究、美国土著的抗争、劳工运动，以及传统的环保主义运动，共同构成了环境公正运动的基础。[②]虽然我们很难将环境公正运动的发起时间在一个具体、特定的日期或事件上达成所有学者的共识，因为环境公正运动状况复杂、支流众多，可以说是"从几十个甚至几百个地方斗争和事件以及各种其他社会运动中有机地发展起来的"[③]，但我们不妨

[①] 参见 Luke W. Cole & Sheila R. Foster, *From the Ground Up: Environmental Racism and the Rise of the Environmental Justice Movement*, New York and London: New York University Press, 2001, pp. 10-11.

[②] 参见 Luke W. Cole & Sheila R. Foster, *From the Ground Up: Environmental Racism and the Rise of the Environmental Justice Movement*, pp. 20-31.

[③] Luke W. Cole & Sheila R. Foster, *From the Ground Up: Environmental Racism and the Rise of the Environmental Justice Movement*, p. 19.

把环境公正运动看作是一种环保实践与社会公正的汇聚,它所反对的是形形色色的环境非公正现象,反对环境危害不均等地分布在世界的各个角落,尤其集中地落到穷人、有色人种、女性等弱势群体身上,使他们承担着不成比例的环境负担。

作为理论对现实的回应,到了20世纪90年代,生态批评对环境文学日益复杂的理论分析已经主导了这一领域。生态批评已经超越了早期对荒野或农村地区主观体验的关注,更多地考虑了城市环境、群体的社会状况,如被迫生活在污染环境中的受压迫弱势群体的社会状况和政治现实,以及污染和气候变化所带来的全球威胁。自从乔尼·亚当森的著作《美国印第安文学、环境公正和生态批评》(American Indian Literature, Environmental Justice, and Ecocriticism)及其与梅梅·埃文斯(Mei Mei Evans)和雷切尔·斯坦因(Rachel Stein)合著的《环境公正读本:政治、诗学和教育》(The Environmental Justice Reader: Politics, Poetics and Pedagogy)出版以来,这种环境公正与生态批评的会通已经成为全球性的趋势,环境公正生态批评对人类文化所沉浸其中的更广泛的生命共同体日益关注。对环境公正生态批评来说,城市、国家、地球,都好像一个巨大的生物有机体,不超出其承载能力或资源利用的可持续发展才能保证这个有机体的健康。环境公正同生态批评产生明确且系统的沟通连接,这种新的思维定位努力在生态中心主义和人类中心主义之间维系平衡,在动态演进中体现其包容开放的学科性质。环境公正生态批评"超越生态中心,吸纳环境公正"[1],为生态批评的自然底色添加了社会因素,注重弱势群体所应

---

[1] 胡志红:《西方生态批评史》,人民出版社2015年版,第146页。

享受的公平正义——公正地享有环境权益，平等地承担环境危害。

环境公正运动往往被冠以"草根（grassroot）""自下而上（from the ground up）"等修饰语，这从一些侧面反映出环境公正运动的发起群体和发展方向。同白人相比，穷人、有色人种、女性承担了更多的环境危害。"环境种族主义"（environmental racism）一词就显示出不利环境的特定分布状况与非裔美国人以及其他有色人种所遭受到的结构性压迫的历史。瓦尔·普卢姆伍德（Val Plumwood）在其著作《女性主义与对自然的主宰》（*Feminism and the Mastery of Nature*）中阐述了人类中心主义如何建立在一个有问题的假设之上，而性别偏见和种族偏见又是如何成为文化、社会、环境和经济偏见的表现和后果的。

将社会公正与环境利益相融合的生态批评立场认为人类应该被视为环境的一部分，所以人们的日常生活和生存条件理应成为环境保护话语的核心。传统的环境保护论点通常将社会与自然或者城市与自然（荒野）构建为对立的二元关系，这极其不利于将人类作为生态系统的一部分去实现其与自然和谐稳定的关系，也有悖于生命共同体思想立场。所以环境公正运动的重要意义不仅仅在于提高人们立足现实的环境保护意识，更在于通过重新定义、塑造和构建新型政治、文化话语及实践的过程，从根本上带来社会和环境变革的可能性。

对于那些处在弱势、边缘地位的民众和国家来说，生态危机带来的后果更为严重。弱势群体获取必要的洁净饮用水、健康食品和生活空间的难度更大，也更容易成为环境非公正现象的受害者。在地球的有限生态承载力面前，争取环境公正成为环保主义运动中的重要一环。格雷格·加拉德（Greg Garrard）指出："我们可以将环境人文学科的使命以交叉的术语概括为生态的历史化和历史的生态化，而生态批评是其中的关键部分。正如福柯式方法所强调的那样，生态学和环境保护主义本身就是特定的制度史和政治史的产物，它们继续影响、制约和改变着今天这两个领域的探索。"[①] 因为现实中的环境利益与环境危害与多种生态、政治、社会因素息息相关，所以民众通过一系列环境公正运动的开展反映其环境公正诉求，促进环境公正的达成，而由环境公正实践产生的思想也影响到包括生态批评在内的诸多环境人文学科。

T. V. 里德敏锐地观察到生态批评的主题动向，他于1997年正式提出的"环境公正生态批评"这个术语捕捉到了环境公正思想融入生态批评的态势。里德梳理此前的生态批评发展方向，认为环境公正思想与生态批评的交融带来了理论路径上的新突破。他分析归纳生态批评研究倾向，预判环境公正生态批评未来的发展方向，意图削减从20世纪70年代到90年代这段时期内学界对单纯自然的过分重视与推崇，说明环境公正生态批评力图呈现生态批评语境中"环境关注与社会公正之间的重要关联"[②]。他采取了归纳典型问题的方法来说明环境公正生态批评的核心内容。其中包括：文学和批评如何能进一步推动环境公正运动，使人们注意到环境退化和环境危害不平等地影响着穷人和有色人种？国内和国际的种族主义如何导致

[①] Greg Garrard, "Introduction", in *The Oxford Handbook of Ecocriticism*, Greg Garrard (ed.), New York: Oxford University Press, 2014, p. 3.

[②] T. V. Reed, "Toward an Environmental Justice Ecocriticism", in *The Environmental Justice Reader: Politics, Poetics and Pedagogy*, Joni Adamson, Mei Mei Evans & Rachel Stein (eds.), p. 145.

更严重的环境不负责任现象？如何在文献和批评中更充分地阐明有毒废物、焚化炉、铀矿业和尾矿等导致的环境健康问题？如何把工人安全和环境安全问题结合起来，使劳工运动和环境运动的历史积极地相互联系，而不是形成对立？[1] 这些问题随即成为环境公正文学与文化研究的重心。里德的分析促进了学界的严肃思考，即自然、环境与文化、社会因素相割裂如何导致了环境危机，对文学文本和文化现象进行的环境公正生态批评又将如何塑造人们的环境理念并转化为环境实践。

里德指出，环境公正生态批评提高了生态批评规划的完整性，一味重复环保主义之沉痛历史无益于生态批评的继续推进，对种族、性别、阶级、特权等环境相关要素的避而不谈会严重损害生态批评的批判力度。[2] 因此，生态批评有必要推陈出新，摒弃此前主流研究中自然与文化、环境与人类彼此分离的情状，留意环境风险转嫁行径，将环境非公正境遇置于探讨核心。环境问题与社会公正之交叉点不仅在文学文本，而且在文化载体中得以呈现，希冀实现的是顾及整个生物圈且重点呵护环境弱势群体的生态整体理念。人的身份如何与环境境遇相关，弱势群体的环境健康与环境安全等内容都成为环境公正生态批评研究的典型问题。

在里德看来，此前的生态批评虽然主题宽泛，但其对种族、阶

---

[1] 参见 T. V. Reed, "Toward an Environmental Justice Ecocriticism", in *The Environmental Justice Reader: Politics, Poetics and Pedagogy*, Joni Adamson, Mei Mei Evans & Rachel Stein (eds.), p. 149.

[2] 参见 T. V. Reed, "Toward an Environmental Justice Ecocriticism", in *The Environmental Justice Reader: Politics, Poetics and Pedagogy*, Joni Adamson, Mei Mei Evans & Rachel Stein (eds.), p. 145.

级、国家特权等问题未能给予充分重视,因而导致批评力度不足。认真处理人与自然之间的关系需要在社会领域和自然领域之间形成连接,需要在环境关注和社会公正之间搭建桥梁。所以,无论是过去还是未来,种族和阶级问题都应该被置于环境思想与环境行动的核心位置。为了"理解和阐释生态批评语境中环境关注和社会公正之间的重要联系"[①],作为一种文化批评的环境公正生态批评认为,生态批评需要进行显著的改变,将之前被忽视的社会问题提上议程,以破除环境与社会、文化相隔离的状况。

在题为《迈向环境公正生态批评》("Toward an Environmental Justice Ecocriticism")的论文结尾部分,里德勾勒出环境公正生态批评三个可能的未来发展方向。第一,识别图像或原型:继续找寻种族和环境原型之间的关系,比如有关种族的隐喻"野蛮的荒野""都市丛林",以此审视阶级和种族文化偏见。第二,揭示和绘制传统:尝试在总体上定义非虚构自然书写中不同于白种人的文学传统,并在小说、诗歌及其他文化形式(包括视觉艺术、戏剧和流行文化)中追溯具体文献。第三,将该领域内的具体方法理论化:把政治生态学、文化研究、种族构成和种族批评理论、后殖民主义理论、少数民族文学理论,连同生态批评其他流派的理论工具汇合融通,为环境公正生态批评分析朝着新方向的扩展进一步提供理论基础。[②] 上述几个方面从对弱势

---

① T. V. Reed, "Toward an Environmental Justice Ecocriticism", in *The Environmental Justice Reader: Politics, Poetics and Pedagogy*, Joni Adamson, Mei Mei Evans & Rachel Stein (eds.), p. 145.

② 参见 T. V. Reed, "Toward an Environmental Justice Ecocriticism", in *The Environmental Justice Reader: Politics, Poetics and Pedagogy*, Joni Adamson, Mei Mei Evans & Rachel Stein (eds.), pp. 152-154.

群体环境境遇的深切思考出发，不仅揭露了他们所受的偏见和失语状况，还突出了种族、阶级、政治、文化等因素与环境关注之间的互动和联系。对环境公正的吸纳既明显扩展了生态批评的研究对象范围，又深刻影响到生态批评的思维范式。提倡多元话语在场、多样群体参与的环境公正生态批评将理论与实践结合，在增强对生态文化语境判断力的基础上，寻求人与自然和谐共生关系的实现。

世纪之交的几年内，生态批评的环境公正趋向引起了众多批评家的关注，其发展脉络愈加明晰。根据里德的叙述，当他在 1997 年最初创造"环境公正生态批评"这个词时，生态批评带有的环境公正特征尚待确定；而他在 2002 年则欣喜地发现，他所呼吁的环境公正批评立场已然在进行中。2005 年，劳伦斯·布伊尔提出生态批评第一次浪潮与第二次浪潮之划分。20 世纪 90 年代中后期被视为生态批评第二次浪潮的开端，"环境公正"也正式成为标志生态批评第二次浪潮的关键词。布伊尔在其专著《环境批评的未来：环境危机与文学想象》中更是引用里德的原话进行强调，环境公正纳入生态批评意味着对生态批评"整个领域进行根本性的重新思考和改造"[1]。随着城市化和全球环境变化的加剧，往往是最脆弱的人群却遭受着不成比例的不良后果。着眼于环境公正，可以改善现存的和未来的不平等，同时也有利于解决可持续问题。环境公正的概念不断发展，从原来单纯关注环境风险转移、危险废弃物放置、资源剥削与侵夺

---

[1] 这句是布伊尔对里德原话的引用，布伊尔的引用见 Lawrence Buell, *The Future of Environmental Criticism: Environmental Crisis and Literary Imagination*, p. 113. 里德的原话见 T. V. Reed, "Toward an Environmental Justice Ecocriticism", in *The Environmental Justice Reader: Politics, Poetics and Pedagogy*, Joni Adamson, Mei Mei Evans & Rachel Stein (eds.), p. 157.

方面，逐渐涉及弱势群体参与决策、获得发声机会等方面。

在此后生态批评历次浪潮的发展中，环境公正生态批评与生态批评中的许多流派、术语发生了勾连与交汇，在其演进过程中表现出蓬勃的学术生命力。环境公正伦理关怀范围不断扩大，其关怀对象包含了更多类型的弱势群体，从研究性别、阶级和种族因素引发的环境非公正现象，进一步扩展到具有国别、民族、地区差异的底层民众，甚至还有非人类世界的对象所遭受到的个体暴力和经济暴力。环境公正生态批评越来越全面地体现出学术发展的多样性和张力。

环境公正生态批评所增加的研究视野和引发的理论调整，不仅指向人类自身的环境境遇连同与人类须臾难离的自然世界，还包含了阶级、性别、种族、文化、经济等社会因素与环境之间千丝万缕的关系。环境公正生态批评作为一种内容丰富、博杂灵活的批评流派，通过正视环境利益与负担的不平等分配、各种形式的社会剥削与环境剥削之关联而形成生态批评的主题转向。它考察人与环境之间复杂微妙的共生与互动关系，审视由社会因素造成的非同一性所导致的环境差异和伤害。相较于第一次浪潮面向自然景观的研究主题及其对荒野自然教育价值的强调，第二次浪潮的环境公正生态批评转而注重人为和社会因素造成的环境权力与压迫关系。这种向着"社会中心"而并非"生态中心"的转变对生态批评的理论扩容和实践具有深远的影响。

第三节 慢暴力与毒性话语

在人类活动深刻影响自然的时代里，各种人为有毒物质造成环境污染，将绿色田野变为棕色地带，甚至威胁到人类与其他物种的生存。这种现实危机投射到文学理论和文化理论中，促使"毒性话语"（toxic discourse）成为生态批评的研究焦点。毒性物质的慢暴力呈现形式反映出涉及阶级、种族、性别等因素的不均等环境负担和环境危害，使生态批评中的毒性话语和环境公正产生了交集。毒性话语呈现出对环境伦理的迫切诉求与对地球生态的深切关怀。

在文学和文化研究中，毒性物质受到关注的情形由来已久，甚至可以追溯到古代，但是毒性话语的提出和得到重视却是近几十年才开始的事情。环境问题可以被视为话语和文化研究的一个场所，毒性话语则是一种因为现实环境而进行调节并受到约束的文化建构，无论是根据直接经验还是间接经验，它都与环境问题相关。毒性话语显示着人类活动与物质世界的相互作用，因而也是生态批评对环境危机的批判和反思，承载着可以企及的环境伦理诉求。本节内容主要探究毒性话语在生态批评中的定义、毒性话语的慢暴力呈现形式，以及毒性话语与环境公正的关联。

从 20 世纪六七十年代起，环境污染和毒物危害逐渐成为工业化国家普遍面临的严峻问题。1962 年，蕾切尔·卡森以其名著《寂静的春天》揭开了当代毒性话语的序幕。卡森描写了一个原本世外桃源般的小城镇，"一切生物都和周围的环境和谐共生"。但是生机勃勃的田园美景很快就被"怪异的阴影所笼罩",各种生物就像中了魔咒一样,纷纷患病、死亡。"这是一个生气全无的春天",引发灾祸的不是魔法,亦非天敌,"而是人类本身"。① 虽然这个小镇并非真实存在,但它集中反映出众多遭受污染之地的类似困境——毒性物质静默了无数场所的春之韵。卡森对有毒化学杀虫剂的风险和危害提出控诉,她忧心忡忡地质疑广泛投放杀虫剂带来的生态危害,将其称作"杀生剂"。卡森敏感地发现了毒性物质给生物圈带来的灾难性风险,她对环境安全的呼声成为数年后毒性话语迅速崛起的风向标。

1998年,劳伦斯·布伊尔界定了有毒修辞的形式、起源、使用和关键含义,并将其视为一组相互关联的主题,认为其力量部分源自焦虑的工业化文化之迫切需要,部分源自根深蒂固的西方态度。所以,毒性话语挑战了人们对环保主义运动的传统理解。它开启了美国环境保护主义的新历史,将荒野保护主义和城市社会改革置于同样的叙事中,并坚持生态中心价值观和人类中心价值观的相互依存。在新千年伊始,布伊尔提出:"无论如何,如果要形成一种全球性的环境话语,毒性话语肯定是关键因素之一。"② 并将毒性话语定义为:在文本中"由于人类使用化学物质改变环境而造成危害,人们对此感知到威胁并表达出焦虑"③ 的现象。毒性话语虽非当今时代独有,但正是因为现实环境危机的压迫,文学作品和批评中的毒物意识空前增强,而使毒性话语显现出蓬勃发展的态势。

---

① [美] 蕾切尔·卡森:《寂静的春天》,韩正译,商务印书馆2017年版,第5—7页。
② Lawrence Buell, *Writing for an Endangered World: Literature, Culture, and Environment in the U. S. and Beyond*, Cambridge and London: Harvard University Press, 2009, p. 35.
③ Lawrence Buell, *Writing for an Endangered World: Literature, Culture, and Environment in the U. S. and Beyond*, p. 31.

毒性话语表达出人类因为环境破坏和毒物污染而引起的面对环境危机的忧思和恐慌，其背后隐含着对环境伦理和生态责任的诉求。写实类和虚构类作品中类似环境末世论的绝望与无助正是作家面对现实环境危机心怀悲悯的深刻反映。毕竟，人类生活在地球生物圈这个共同体内，而这个共同体则"把土壤、水域、植物、动物，或总体的大地包括在内"[1]。每时每刻都在发生的物质交换使得整个共同体内人类群体和非人类群体之间、人类社会内部各种群体之间，都存在无法逃避的相互依存关系。在生态网络中，毒物的侵害使人无处逃遁。有毒废物的丢弃和填埋，并不位于人类居住的场所之外，毒性物质的流动性和渗透性造成的后果是，没有人能在物质世界中独善其身，这凸显了人与环境的息息相关。

人类生存在绿色地带与棕色地带并存的空间中。"棕色地带"一词由环境分析学家在20世纪90年代初期提出，意指"（尤其在内城贫民区）受到毒物污染、威胁健康并需整治的地点"[2]。它与城市郊外生态状况良好的绿色田野形成对照。在更广泛的意义上，棕色地带也用来形容由于受到人类活动影响而持续退化、遭到损毁的景观。与绿色呈现的勃勃生机相比较而言，棕色给人的感觉是肮脏、沉重和绝望。棕色地带在经济贫困、底层阶级和少数民族地域的更多分布以及环境愈发恶化的风险，有力地推动了环境公正运动的发展。随着生态批评日益重视城市环境，棕色地带作为城市中典型的人为污染累积和毒物富集之所，受到批评家们的强烈关注。这一概念既

---

[1] Aldo Leopold, *A Sand County Almanac*, New York: Ballantine, 1970, p. 239.
[2] ［美］劳伦斯·布伊尔：《环境批评的未来：环境危机与文学想象》，第148页。

能丰富生态批评毒性话语的言说内容，也为反思人与自然的关系提供了新的视角。

毒性话语的兴起也与自然概念范畴的变化相关。继荒野自然之后，生态批评将城市自然纳入研究范畴。自然（无论是荒野自然还是城市自然）在文学和文化研究中的重要性，在于自然自身的性质，或者说，在于自然的内在价值。自然并非作为一种工具化手段或臣服的对象而存在，相反，人类的生存依赖于自然，人类所参与的自然不可避免地存在。与原始状态的第一自然相比，第二自然（即由人类改造过的自然）更易被毒性物质所充斥。在人类活动的影响下，"自然"和"环境"话语的界限现在比以前要更加灵活。早期生态批评研究关注环境意识与浪漫田园、自然书写等文学体裁的传统联系，研究视野鲜少集中于城市文学。毒性话语的出现则打破了人与自然的二元对立。人为的毒物污染渗透进自然网络，经由作为食品的动植物和环境中的放射性元素等存在物重新占据并作用于身体。棕色地带，连同那些看起来虽非棕色，但实际上也富含毒性物质、对人类造成健康威胁的地带，我们不妨称之为"类棕色地带"，共同突出显示了人与环境的相互影响，当然这些影响是负面的、危险的。

在小说《使女的故事》（The Handmaid's Tale）中，玛格丽特·阿特伍德（Margaret Atwood）通过书中人物的会议发言，总结陈述了荒唐集权年代里的毒物阴影：基列共和国普遍存在的死胎、流产和遗传畸形现象被认为与各种核电站事故、化学与生物战争储备物资以及有毒废料泄漏事件密切相关。千千万万个有毒废料堆产生的毒性物质被随意丢弃，进入排水管道，连同化学杀虫剂、除草剂和其他有毒制剂一起，引发了病毒的肆意泛滥。① 关于这些毒性物质的危害，读者还可看到如下触目惊心的情节："有毒物质悄悄侵入女人们的身体，在她们的脂肪细胞层里安营扎寨"；她们的身体里里外外都被毒性物质所污染，"肮脏得就像进了油的河滩"；毒性物质把生机涌动的健康身体，转换为死气沉沉的病残身体，"说不定连兀鹰吃了她们的尸体都会因此毙命"；空中、水中弥漫的化学物质、辐射线和放射物造成的恶果是"非正常婴儿的概率是四比一"。② 在某种程度上，受到污染的身体也可视为富集毒性物质的棕色地带。毒性物质的流通形成无数连接存在物的链条，毒性链条在母亲和孩童中延续，在植物和动物中延续，在食物和人体中延续，方方面面交织聚拢，构成了笼罩所有存在物的遮天巨网。阿特伍德生动地描述了毒性物质在微观和宏观视角下的呈现。在循环中渐渐累积的毒性物质对环境的污染、对生物的伤害，被细致且鲜明地描绘出来，画面既真实又虚幻，恍如末世降临的景象。

从20世纪末兴起开始，毒性话语作为一种环境主义的新焦点，推动生态批评从自然书写和荒野保护的传统倾向转移到环境公正的新阶段。如果说，生态批评第一波浪潮关注的荒野自然是原始状态的自然，其核心是对绿色田野的环境保护，那么当生态批评第二波浪潮的环境公正意识崛起之后，经由人类改造的自然所承载的各种毒性物质则进一步为毒性话语的发展提供了条件，对棕色地带的环境敏感性和环境公正诉求成为此后的研究趋势。

---

① 参见 [加] 玛格丽特·阿特伍德：《使女的故事》，陈小慰译，译林出版社2008年版，第314页。
② [加] 玛格丽特·阿特伍德：《使女的故事》，第116页。

毒性物质在其传播网络中有时以激烈且易见的方式呈现出来，但并不总是以可观察到的显性形式表露自身，隐性的毒性物质扩散更能反映出权力分布的巨大差别。当前的环境危机中，诸如沙尘、雾霾、飓风等环境因素和极端天气现象，连同毒物的漂移、冰圈的消融、海洋的酸化，越来越成为影响人类和非人类存在的慢暴力。罗布·尼克森提出的"慢暴力"（slow violence）概念，可以用来揭示毒性物质隐形的、潜移默化的侵害。慢暴力"逐渐发生并且在视线之外，是一种在时间和空间上分散的，具有延迟破坏性的暴力行为，是通常不被视为暴力的磨损性暴力"[1]。它与直接、即时爆发轰动效应或严重后果的暴力形式有所不同，既不会产生瞬时的震撼，也不形成突发的惊惧，而是一种逐渐增量和增生的暴力，其灾难性的反响在一系列时间尺度上累积才能发挥出来。这种暗藏的暴力形式所带来的环境灾难会给生态造成始料未及的严重破坏。如同气候变化、森林砍伐、海洋污染等现象对地球存在物带来的影响一样，毒性物质以慢暴力形式作用于身体，通过水、土壤、空气、辐射、食物等媒介形成日积月累的致命危险。[2] 慢暴力让物质或非人的角色、作用、关系和意义发展形成新的向度，在文学文本中体现出叙事张力。作为慢暴力的毒性物质伤害可能一时晦暗不明，但长此以往终将引发恐怖的后果。慢暴力形式也就意味着毒性物质对身体和环境的悄然入侵，致使日常魅影经年累积最终爆发成为末世恐惧。

另外，受到毒性物质污染、威胁人类健康的棕色地带作为受到

---

[1] Rob Nixon, *Slow Violence and the Environmentalism of the Poor*, Cambridge and London: Harvard University Press, 2011, p. 2.

[2] 参见 Rob Nixon, *Slow Violence and the Environmentalism of the Poor*, pp. 2–3.

人类活动影响而退化的景观，往往集中分布于政治和经济上居于弱势地位的边缘化群体之生存处所附近。这些人更易直接或间接地遭受毒物的侵袭和危害，无论这种环境暴力是以明显的方式还是慢暴力的方式呈现在他们身上。毒性话语与环境公正在环境公正生态批评中发生了交汇。在意识到不同种族、阶级、性别等社会因素决定环境状况的基础上，毒性物质作为环境危害的重要组成部分得到了正视。有别于常规的明显暴力形式，毒物的慢性入侵隐蔽无形且模糊不清，往往不那么令人警惕，因而更容易被忽视。

"像大多数污染形式一样，集束炸弹和地雷污染只是半随机的。正如西方国家那般，有毒废料场往往被安置在贫穷或少数民族社区附近，所以未爆炸的军火污染集中在世界上最贫穷的社会。"[1] 尼克森以此说明致命战争残留物在贫国与富国之间的分配不均。无论是遭受到环境非公正的个人、集体还是国家，都是贱斥物（the abject），成为主体的建构性"外在"。张嘉如在其文本分析中认为，美国在印度考夫波尔设立化学工厂生产毒气的行径，让该城市成为一个被庞大跨国资本体系排除在外的贱斥空间，那里的受难民众与其环境即为被抛弃的贱斥物。文本呈现的毒性话语既深刻描绘出"全球化资本主义是如何污染非西方社区并逃避责任的"，又表达了"相对于北方富人的南方底层草根运动与西方资本企业的对抗与无奈"。[2] 对霸权压迫下的贱斥物和贱斥空间来说，毒物侵害如影随形。毒性物质的慢暴力不仅勾勒出不同阶级遭受不同程度的环境风险之

---

[1] Rob Nixon, *Slow Violence and the Environmentalism of the Poor*, p. 227.
[2] 张嘉如：《全球环境想象：中西生态批评实践》，江苏大学出版社2013年版，第54页。

空间分布，而且反映出物质运作于身体、代际、国内甚至国际的时间线索，即毒性物质在空间中的扩散与时间上的延展。针对这种压迫性贱斥行为产生的慢性暴力，毒性话语作为伸张权利的呼声，在叙事中深刻揭露出毒性物质的灾难性影响，并在实践中塑造被资本主义工业所压抑的生态意识。

在《使女的故事》中，阿特伍德揭露了身体被毒物占据的恐怖事实。对于身体内环境来说，"里面充满有害物、变异的蛋白质、像玻璃一样粗糙的劣质晶体"；对于身体外环境来说，"给树木喷杀虫剂，牛再去吃草，所有那些经过添色加彩的粪便统统流入江河。更不用提在接连不断的地震期间，沿圣安德列亚斯断层一带的核电厂爆炸事件"①。通过在环境中的散布，毒性物质穿透人体表层，作用于微小的细胞结构，将不可逆转的毒害进行到底。"被社会遗弃的人"被发配到作为贱斥空间的隔离营中去，其日常工作是焚烧尸体，整日清理有毒废料，无时无刻不生活在辐射泄漏物的阴影中。在毒性物质面前，她们只是专制政权手中没有尊严的使用工具，面对致命的辐射无力且无助，唯有被动地承受毒物的侵害，拖着毒性身体苟延残喘而已，最多不会超过三年，"鼻子就会脱落，皮肤会像橡皮手套一样剥落下来"②，然后迎接缓慢而又痛苦的死亡。在阿特伍德的笔下，被分离出来的弱势群体是没有话语权的贱斥物。在基列共和国等级化严重的生存空间里，权力运作下的毒性物质作用于弱势群体，明确体现出毒性话语中的环境公正议题。

---

① ［加］玛格丽特·阿特伍德，《使女的故事》，第116页。
② ［加］玛格丽特·阿特伍德，《使女的故事》，第259页。

毒性话语与慢暴力概念的提出为环境公正生态批评浪潮的繁荣提供了助力，它们另辟蹊径，确立了一种与早前重点研究田园意象和自然书写截然不同的考察方法。凭借分析文本中弱势人群生存环境存在的毒物威胁和慢暴力，毒性话语的环境叙事在文学虚构与真实场景的交叠间表现出压抑、无序、阴暗等反田园特征，这有助于读者透彻理解针对弱势群体的环境危害。毒性话语在现实与虚构之间、在记忆与想象之间构筑桥梁，让人们意识到生态灾难事件的存在。它使有毒物质的排放、丢弃、渗透、放射等污染后果与浪漫主义的美好田园形成鲜明对照，是对文学生态学的深刻反思。毒性话语的出现为生态批评研究开辟了一条新路径，通过毒物威胁对人为因素导致的环境威胁表达焦虑，连接起慢暴力与环境公正的重要概念，促进了对于浪漫田园思想的重构，主张将保护自然与改革社会同时提上日程，并在新语境中不断进行延续和生发。如果说，生态批评的理论构成有助于保护生命共同体的完整、美丽和稳定，毒性话语则凭借揭示生态环境中潜在的破碎、丑陋和动荡来捍卫生命共同体的环境利益和希望。毒性话语不只体现文学作品和文学理论中环境忧思意识的演进过程，同时也凭借其文化隐喻反映环境困境中的危机意识，成为建构生态批评体系的重要组成部分，推动生态批评蓬勃发展。

生态批评作为带有明显环境保护倾向的文学或文化研究，其目的在于以文学理论、文化理论来贯彻生态意识。毒性话语和慢暴力承续了生态批评以文学生态思想导引现实的学术立场，积极探究非公正的社会体系中的环境污染问题。它们所表达的环境风险跨越了自然和文化的边界，不仅在文学想象中表达面对人为环境灾害的不安，更致力于凝聚环境公正力量，唤起生态伦理意识，在进行文学研究和解决生态危机两个方面建立联系，从而遏制景观退化和环境污染，还棕色地带以绿色生态，并以环境公正立场改善弱势群体面临更多环境风险的困境。

第四章　跨文化浪潮中的生命共同体思想

在历经第一次浪潮的生态中心主义生态批评和第二次浪潮的环境公正生态批评之后，生态批评逐渐发展出以"全球性、跨在地、多元文化、生态世界主义以及新生物区域主义"[①]为主题的新趋势。在这次浪潮中，物质环境依然是生态批评的一个持续关注点，生态批评最初的动机不曾改变，即揭示人类对自然世界的掠夺和破坏，呼吁人们增强生态意识以应对生态危机。同时，这次浪潮试图构建从本土到全球的跨文化地方想象体系，扩大生态批评的研究范畴，挖掘文学想象和文化实践在认知环境和改变环境方面的潜在价值。其愿景是通过将以往局限于一地的地方意识和生物区域主义进行重新挖掘，跨越地域和文化的限制，将对地方的观照扩大到整个地球

---

① Scott Slovic, "The Third Wave of Ecocriticism: North American Reflections on the Current Phase of the Discipline", *Ecozon@: European Journal of Literature, Culture and Environment*. Vol. 1.1, 2010, p. 7.

生态系统，完成从陆地到海洋、从区域到世界的生态观照。

第一节　地方意识和生物区域主义

"地方"（place）一词对于表述人类的存在具有多样性意义。在努力将人类观点与伦理意识结合起来的过程中，一些学者越来越认识到"地方"的概念在物质世界的概念化中具有核心重要性。对"地方"和"生物区域主义"的分析认识有助于在跨文化趋势中将局限于特定地区的文化形式去除疆域化。1974 年，人文地理学家段义孚提出了一个名词"恋地情结"（topophilia），用以描述"人类对物质环境的所有情感纽带"[①]。在《空间与地方：经验的视角》（*Space and Place: the Perspective of Experience*）中，他进一步指出"地方意味着安全，空间意味着自由。……地方是感知价值中心，可以满足生物对诸如食物、水、休息和生殖等的需要"，作为生命共同体的一部分，人类和其他动物拥有某些共同的行为模式，但同时"人们对空间和地方做出的复杂反应也是动物世界所无法想象的"[②]。熟悉的、亲切的空间成为"地方"，获得了界定和意义的空间成为"地方"。人与非人动物虽然都有地方意识，但是区别在于，"对于所有的动物而言，空间是一种生物需要；对于人类而言，空间是一种心理需要，是一种社会特权，甚至是一种精神属性"[③]。所以，

[①]　[美] 段义孚：《恋地情结》，志丞、刘苏译，商务印书馆 2018 年版，第 136 页。
[②]　[美] 段义孚：《空间与地方：经验的视角》，王志标译，中国人民大学出版社 2017 年版，第 1、3 页。
[③]　[美] 段义孚：《空间与地方：经验的视角》，第 47 页。

人类可以赋予家园以地方意识，家园特有的归属感和亲切感、对故乡的依恋屡屡出现在文学作品中，对地方生态的保护也可以借助人们的紧密情感纽带和丰沛情感力量得以推进。

地方的概念不仅限于一房一城而已，如段义孚所说："地方有不同的规模。在一种极端情况下，一把受人喜爱的扶手椅是一个地方；在另一种极端情况下，整个地球是一个地方。故乡是一种中等规模的地方。它是一个足够大的区域（城市或者乡村），能够支撑一个人的生计……几乎每个地方的人都倾向于认为他们自己的故乡是世界的中心……这样一种地方概念具有至高无上的价值。"① 从以上论述中，我们不难看出"地方"一词所寄寓的精神眷恋，但是段义孚并没有把这个概念局限在一个事物、一个故乡，而是以这种归属情怀为中心，向外发散，这与生态伦理的同心圆模式不谋而合，也让人想起"修身、齐家、治国、平天下"这样出自儒家经典著作的古训。在生态保护和生态治理上，构建作为"地方"的地球，也具有同样的思维与实践路径。

布伊尔在《环境想象：梭罗、自然书写和美国文化的构成》中这样解释了"地方"："根据定义，地方是感知或感觉到的空间，是人性化的空间，而不是按照自己的方式呈现的物质世界。"② 因此，"地方"一词意味着人类和开放空间的相互同化，比如生物群落或是生态系统，这表明人类施加了一种图式作为理解空间的手段。生态批评学者将"地方"视为"感知"或无形想象，以及"感觉"空间

---

① ［美］段义孚：《空间与地方：经验的视角》，第 122—123 页。
② Lawrence Buell, *The Environmental Imagination: Thoreau, Nature Writing, and the Formation of American Culture*, p. 253.

或有形实现的概念，代表了对地方的一种认知和理解，情感与物质交织其中。根据杜威·W. 霍尔（Dewey W. Hall）的判断，"地方"的副产品构成了所谓的地方意识，这种意识与自我和超越自我错综复杂地联系在一起，并涉及以地球为中心的观点。人类与其居住的特定空间彼此塑造，"地方"就是这个相互过程的一部分，因为人类虽然没有能力改变自然法则，但同样参与了重塑周围环境的进程。这就是罗伯特·萨克（Robert David Sack）所说的，"地方使自然人性化"[1]，此种"地方"在人类试图划定保护、保存或开发的空间中尤为明显。[2]

对于生态批评的发展来说，纳入地方意识能带来体现本土文化生态观和世界观的优势，可以避免生态批评被主流的西方话语同化而湮灭本土特色，以当地独特的主题和丰富素材表达在生态系统中与自然和谐相处的生活方式和生态思维方式，可以促使生态批评在危机频现的世界通过可持续和负责任的方式行事，从而成为真正的本土生态批评。伦卡·菲利波娃（Lenka Filipova）的《生态批评和地方意识》（*Ecocriticism and the Sense of Place*）考察了全球各地关于"地方"这个话题的文学表现，从多层次、多角度阐明了文学作品呈现出的地方和全球的生态关系，将西方环境研究话语与后殖民研究和土著研究交叉起来，突出了不同的地方或全球共同体在对待环境的差异性方法中认识自身的独特过程。菲利波娃认为，早在 18 世纪

---

[1] Robert David Sack, *Homo Geographicus: A Framework for Action, Awareness, and Moral Concern*, Baltimore: Johns Hopkins University Press, 1997, p. 81.

[2] 参见 Dewey W. Hall, "Introduction: The Matter of Place-Consciousness", in *Victorian Ecocriticism: The Politics of Place and Early Environmental Justice*, Dewey W. Hall (ed.), Lanham: Lexington Books, 2017, p. 6.

的英国和 19 世纪的美国，如威廉·华兹华斯和亨利·戴维·梭罗等浪漫主义作家就开始在他们对自然的比喻中强调地方的重要性，或是作为对现代性变迁的补救，或是作为对现实的逃避。例如华兹华斯在《隐士》（"The Recluse"）中将湖区描绘成一个富有想象力的，然而又与现代性的抽象世界相对立的自然物质世界。诗中的"地方"被描绘成整体性和统一性兼具的时间和空间，是温暖树林、明媚山丘和清新田野的集合。而这种自然世界与诗中"拥挤的街道"所代表的城市空间形成了鲜明的对比，作为"个人场所"的"地方"在空间和时间上变得更加封闭。菲利波娃还以梭罗为例，指出《瓦尔登湖》中同样提出了一个自足、静态的地方观念，这个地方是个人身份的来源，梭罗在一个接近自然世界和由自我约束所定义的地方呈现和颂扬其生活观念、一种简朴生活的愿景，这种生活植根于对地方的深切关怀，表现为孤独的寄居者可以在自然世界中找到喘息的机会。[1]

无论物质世界被称为"野生的""自然的"，还是"原始的""传统的"，都与现代性不可逆转地相互依存、相互渗透。有批评家担心"'生态批评'是一种与文学不可避免地联系在一起的重要内容，因此也隐含地与工业资本的政治和意识形态联系在一起——即使它经常声称自己是挑战这些霸权的工具"[2]。这是因为，尽管田园诗般的、生态友好的图景在文学中一直存在，但这种勾勒不管在过

---

[1] 参见 Lenka Filipova, *Ecocriticism and the Sense of Place*, New York: Routledge, 2022, pp. 1–2.

[2] Dan Wylie, "Kabbo's Challenge: Transculturation and the Question of a South African Ecocriticism", *Journal of Literary Studies*, Vol. 23. 3 (2007), p. 256.

去还是在当下都不是现实的反映，只是美化和憧憬而已。此外，生态批评领域不可避免地涉及如今关于种族和民族认同、土地所有权或实际环保活动的辩论，这或许会沾染资本主义的西方思维模式。地方意识被倾注了明显的民族认同感和依恋感，因此可以为特定地区的批评和实践模式提供信息，克服无形中被强加的逻辑定式，并提供透彻解读本土文学和文化作品的特色思维模式。关联地方意识的生态批评集聚了多元化群体、非同质话语，导向可行的区域生态伦理和区域生态实践，并且允许方法论的灵活性运用，可以适应巨大的文化差异。不同地方的生态相互联系意识为互惠的区域生态批评开辟了更广泛的应用空间，它所体现的生态整体性前景仍然势不可当。

生物区域主义受到关注可以追溯到20世纪70年代，奥尔多·利奥波德出版于1949年的《沙乡年鉴》在当时的美国大受欢迎。利奥波德的生物区域视野为包括人类在内的环境的研究提供了一种整体方法，但并不作为物种间生物关系的具体参考标准。利奥波德提出了一种基于自然选择的土地伦理，其环境政策在生态理论跨学科领域的早期阶段对哲学家、生态学家和自然作家产生了重要影响。生物区域是特定的地理区域，生物区域主义者主张在科学和历史上对这些空间进行"再栖居"。这种土地伦理旨在超越毁灭动物及其原生栖息地的人类中心主义的环境态度。

作为生态批评跨文化浪潮中非常重要的一个名词，"生物区域主义"是一套思想和相关实践体系，其核心概念是在生物区域运动的基础上，在行动对话和理论主张中共同发展起来的。生物区域主义试图以可持续的方式将社会公正的人类文化与它们不可逆转地融入其中的区域生态系统重新连接起来。20世纪70年代，艾伦·范·纽柯克（Allen Van Newkirk）在他的著作中首先提出了生物区域一词，认为生物区域主义应被视为"一项技术性进程，旨在界定'从生物地理学角度阐释的文化领域……即所谓生物区域'。在这些领域内，居民将'恢复动植物多样性'，'协助保护和恢复野生生态系统'，并'探索与自然景观的生物现实相关的、新型且相对非任意规模的人类活动区域模式'"[1]。生物区域主义者认为，"作为不同社区的成员，人类无法避免与他们的特定位置、地方和生物区域互动并受其影响：尽管有现代技术，我们并没有与自然相隔绝"[2]。由此可见，生物区域主义是自然和文化的复合体，是一个包含文化区域、家园、生物多样性的多层次生态概念，表达了消解自然与文化二分法的观点。

彼得·伯格（Peter Berg）作为生物区域主义概念的创始人之一，是当代环境思想的奠基者。斯洛维克赞扬他"是一位真正有远见的人，是生物区域主义和可持续发展领域的奠基性思想家"[3]。在伯格的理论中，"生物区域"就是"生物圈"和"再栖居"并置在一起的中间地带。这种生物区域范式为重新定义人类身份提供了基础，回答了"我是谁，我在哪儿，我该怎么办？"的问题。概括来说，首先，人类与其他物种和支持它们的生态系统相互依存地共享生物圈；

---

[1] 转引自 Doug Aberley, "Interpreting Bioregionalism", in *Bioregionalism*, Michael Vincent McGinnis (ed.), New York: Routledge, 1999, p. 22.
[2] Michael Vincent McGinnis, "A Rehearsal to Bioregionalism", in *Bioregionalism*, Michael Vincent McGinnis (ed.), p. 2.
[3] Cheryll Glotfelty & Eve Quesnel (eds.), *The Biosphere and the Bioregion: Essential Writings of Peter Berg*, New York: Routledge, 2015, p. viii.

其次，人身处一个有着独特的连续性，既影响其生活方式又受之影响的生物区域或生态家园；最后，当前责任就是通过恢复和维护自然系统，找到可持续的方法来满足人类的基本需求，并支持其他参与"再栖居"过程的人。①

栖息地指的是由动植物和其他生物，以及土壤、水、地貌和气候组成的生存场所。在此场所中，一切食物、水和物质都来自生物圈进程，任何人都在生态网络的笼罩之下。"栖居"意味着融入并成为栖息地的一部分，人类通过了解所居住特定地方的自然条件，从而进化出适应该地方生态的方式，来学会在地球上"再栖居"。②在这种模式下，对"地方"的重新想象需要地缘政治和生态逻辑的参与，关注生态环境脆弱带。伯格运用"生物区域"一词来指代这些可以进行"再栖居"的重新构想的地区。生物区域是"独特的生存场所，有自己的土壤和气候、本土植物和动物，以及许多其他独特的自然特征。每种特征都会影响其他特征，并像在任何其他生命系统或身体中一样受到它们的影响。生物区域各不相同：不仅是'山脉'，还是阿巴拉契亚山脉或落基山脉；不仅是'河谷'，还是哈德逊河谷或萨克拉门托河谷"③。伯格的阐释表明了生物区域的具体性、独特性和系统性，如果再栖居是一个过程，那么生物区域就是一个将"地方"视为生命体的概念，每个"地方"都是一个复杂的生态网络。

---

① 参见 Cheryll Glotfelty, "Introduction", in *The Biosphere and the Bioregion Essential Writings of Peter Berg*, Cheryll Glotfelty & Eve Quesnel (eds.), p. 4.
② 参见 Cheryll Glotfelty, "Introduction", in *The Biosphere and the Bioregion Essential Writings of Peter Berg*, Cheryll Glotfelty & Eve Quesnel (eds.), p. 2.
③ Peter Berg. "Watershed-Scaled Governments and Green Cities", *Land Use Policy*, 4.1 (Jan. 1987), p. 5.

生物区域主义将人与一个地方的特殊性联系起来，在环境和文化之间建立了具有凝聚力的连接。生物区域主义的框架内不仅包含自然空间，它还鼓励从居住地、社区和当地文化中获取密切相关的知识，因而也整合了社会活动和文化因素。生物区域的思考方式将区域视为物质和文化生态的结合，是生态和文化系统相互作用并彼此塑造的地方。"人类在特定生物区域的影响以及对环境、物种生命和气候条件的研究是形成可持续文化基础的重要因素，可持续文化是生物区域主义的最终目标。在生态概念的最广泛意义上，生物区域主义侧重于环境理论或概念的生态中心方面。"[1] 同时集结了生态与文化内涵的生物区域主义作为一个生态概念，旨在引起一场关于自然与文化之间辩证关系的对话，甚至尝试融合审美体验与生态知识。

切丽尔·格洛菲尔蒂总结了生物区域主义对生态批评的启示，"简而言之，生物区域主义要求我们从生态的角度意识到自己和我们生活的地方，并使人类活动与生态现实相协调"[2]。所以，生物区域主义关联到生物区域认同，帮助我们重新认识人类、环境和地方的关系，它与生态思想及其实践关系密切，将引导人们以可持续的方式将人类文化和区域级生态系统联系起来。在生态概念的最

---

[1] Abhra Paul & Amarjeet Nayak, "Bioregionalism and Biocultural Region: Reconceptualizing the Human-Environment-Place Interrelationships Beyond the Culture/Nature Dichotomy", in *Eco-Concepts: Critical Reflections in Emerging Ecocritical Theory and Ecological Thought*, Cenk Tan & ismail Serdar Altaç (eds.), Lanham: Lexington Books, 2024, p. 57.

[2] Cheryll Glotfelty, "Introduction", in *The Biosphere and the Bioregion Essential Writings of Peter Berg*, Cheryll Glotfelty & Eve Quesnel (eds.), p. 1.

广泛意义上，生物区域主义对生态中心的侧重使其挑战了人类中心的生态批评观点，它尝试解除对地方、文化系统和自然系统进行的霸权建构，包括二元论、对自然的统治等，反对夸大文化作用和低估自然。

约翰·查尔斯·瑞安（John Charles Ryan）认为，"生物区域主义可以通过批判性地参与空间、美学和伦理学来加强其理论基础和文化变革的潜力……生物区域的地方是在空间、美学和伦理的关系中发展起来的，三者之间的相互作用可以维持生物区域的地方意识"[①]。瑞安将"地方"定义为文化与自然的综合，认为生物区域因为它的"再栖居"伦理而呈现更具体的变化，在其中，"文化和自然以一种更平衡、持久、动态但并非不切实际的方式融合在一起。这里对生物区域的地方的解释取决于空间、美学和伦理学的融合"[②]。瑞安的表述说明，生物区域主义是一种将人类活动与环境相结合的概念，也是具有复杂性、包容性、多样性的研究方法和实践体系，它融合了生态、社会、审美和伦理的角度。在他的理论版图中，创建生物区域，需要"将空间'限定'在生态区域，将感官体验'限定'在审美环境，将正确行为'限定'在伦理领域"[③]，这样才是解决环境问题的有效途径。并且需要自生物区域开始，自下而上地解决更大规模的环境问题，通过渐进或者渗透等方式，连接一个生物

---

① John Charles Ryan, "Humanity's Bioregional Places: Linking Space, Aesthetics, and the Ethics of Reinhabitation", *Humanities*, 1.1 (2012), p. 80.
② John Charles Ryan, "Humanity's Bioregional Places: Linking Space, Aesthetics, and the Ethics of Reinhabitation", *Humanities*, 1.1 (2012), p. 97.
③ John Charles Ryan, "Humanity's Bioregional Places: Linking Space, Aesthetics, and the Ethics of Reinhabitation", *Humanities*, 1.1 (2012), p. 98.

区域与其他生物区域，最终跨越区域涵盖全球范围，打通自当地局部地域到全球整体地域的空间通道，从生物区域土地伦理扩展到全球伦理。

生态批评强调生态危机根源的人为性，所以人类面临的全球生态问题不是生态系统自身如何运作，而是人类的生态意识和伦理体系如何运作。生物区域主义寻求在地方层面解决生态危机，了解人类对自然的影响始于我们居住的地方或区域，有助于协调人类与地方之间的相互关系，使人类以可持续的方式生活在地方，有利于超越文化与自然对立的二元思维去发展一种人类与自然共同进化、和谐共生的愿景，以拯救生态系统使其免受任何人为灾难。生态批评借助地方和生物区域主义这样的跨学科概念来透彻探究文学作品与文化现象的生态内涵，既揭示出人与自然须臾难离的密切关系，又从丰富的视角对生态危机产生的思想文化根源进行批判。

如果说生物区域主义向我们展示了通过构建区域共同体的方式形成全球共同体的愿景，那么这种具备共同体意识的多维扩展和美好探索，则为生态批评打开了一扇综合当代生态环境运动与绿色政治进步倾向的观察之窗。正是因为地球上有着形形色色的生物区域，所以多样性的生物构成和多样性的区域表现整合起来，能共同构成一个我们希冀的容纳差异、和谐共生的生命共同体。伴随着生态批评持续且深入的发展，"生态批评不仅跨越西方各国的民族文化，而且还走出西方文明圈，走向曾经受压制的、被边缘化的中国文化、日本文化、伊斯兰文化、印度文化、美洲土著文化、非洲土著文化，以探寻别样的生态智慧、倾听'边缘的声音'"①。生态批评在跨文化视野下关注自然、环境、地方、全球等众多概念和范畴，为生态学术与生态实践提供了多元化的理论与行动指南。

第二节　从陆地到海洋：蓝色生态批评

格雷格·加拉德认为，生态批评的探索始终围绕"人类文化史中人类与非人类的关系，并对'人类'一词本身进行了批判性的分析"，在他的观点里，生态批评的研究对象被分为两大类，即文学和文化。② 以文学和文化为研究对象的生态批评自发端以来就被视为"绿色的研究"，承担起从环境角度审视文学与文化的使命。这门学科发展至今，其研究方向呈现出多元化发展的态势。相较于此前学界对自然的阐释和解读往往聚焦于绿色的田园、原野、森林等常规、典型的文学文化研究对象，一些学者认为生态批评虽然是近年来出现的最具活力、最活跃的批评之一，也作为学科合法的批评形式获得了成功，却一直沉浸在陆上环境中，表现出对海洋研究的不足。

从人类历史上看，海洋被认为是狂野自然的突出代表，无法驯服且不可预测。但同时值得注意的是，海洋的渗透、漂移、流动、循环与陆地息息相关，其中丰富的生命存在又使其被视为充满希望的救赎之地。正因为海洋的健康是地球生命之依赖，海洋话题屡屡出现在当代环境对话中。也就是说，生态批评迄今为止主要是一种

---

① 胡志红、何新：《将生态批评写在广阔大地上——胡志红教授访谈》，《鄱阳湖学刊》2022年第2期。

② Greg Garrard, *Ecocriticism*, London and New York: Routledge, 2011, p. 5.

立足在水体星球上的陆地批评。因此，一些生态批评家意识到这种研究欠缺，转而另辟蹊径，打破常规的陆地绿色思维框架，对文学文化中的海洋及海洋生物主题进行生态的批评，从而将研究视野投向了蓝色的海洋。通过探索海洋类型的文学、视觉艺术、电视和电影、游戏、理论和批评的大量文本，研究这些海洋描写与文化想象之间的关系，生态批评学者们试图建立一种蓝色生态批评，将生态批评从陆地思维框架中解放出来。蓝色生态批评或海洋生态批评，或者范围更广阔一些——水批评，作为生态批评新的分支出现，表明生态批评学者拓展了生态批评的边界，尚未得到重视的蓝色文学研究被发掘出来，生态批评所能提供的各种可能性得以展示，这意味着生态批评的学术视野进一步拓宽，朝着海陆相连、全球一体的方向迈进。

在生态批评领域里，蕾切尔·卡森1962年出版的著作《寂静的春天》被认为是生态文学的经典之作，她也凭借这本书获得了众多奖项。因为"《寂静的春天》是第一本明白无误地警告人类行为正在毁掉自然环境的书，此后六十年间，从环境保护主义到今天揭露生态危机的纪录片运动，到警告第六次大灭绝的'人类世'（Anthropocene）预言，莫不发端于此"，于是，"寂静的春天之后，寂静的，还将是人类"。[①]尽管生态批评最初始的文本仍然无法确定，但是对蓝色海洋的思考或者说蓝色生态批评的发端或可追溯到卡森的海洋著作。卡森笔下的环境警示振聋发聩，但事实上，作为一个

[①] 宋明炜：《重访〈寂静的春天〉》，2021年1月27日，见https://wenhui.whb.cn/third/baidu/202101/27/389964.html。

海洋生物学家，卡森对海洋的思考和她的著作"海洋三部曲"，即《海风下》(Under the Seawind, 1941)、《我们周围的海洋》(The Sea Around Us, 1951) 和《海之边缘》(The Edge of the Sea, 1955)，却未能像《寂静的春天》那样广为人知，也未能引起生态批评学者、环保主义者、环境哲学家等的足够重视。但这几部书既包含着科学理性，又体现出诗意感性，其中《我们周围的海洋》更是表露出爱默生的影响，是在一定程度上被忽视的杰作。

卡森在其海洋著作的修辞中流露出她对自然秩序中美丽神秘事物的敬畏之情，她抵制对自然的严格的唯物主义评价，用诗意赞美无穷无尽的自然奇观。在这些海洋作品中，卡森广阔的生态学视野和充满伦理情怀的深思得到了最好的体现。所以西德尼·I. 多布林 (Sidney I. Dobrin) 认为，蓝色生态批评的起源可能归于卡森有关海洋的著作。虽然"蓝色生态批评的微光早在卡森的著作之前就出现了，形成了大量原始蓝色生态批评文本，然而，卡森的研究进一步明确了生态批评的海洋短视问题"[①]。

多布林也对生态批评的这种海洋思维的缺失作出回应，他的著作《蓝色生态批评与海洋当务之急》(Blue Ecocriticism and the Oceanic Imperative) 是较为系统的水生视野生态批评著作。基于海洋或水体的思维框架而非传统的陆地方法的批判、伦理、文化和政治立场，他试图解析生命是如何与生态批评、生态构成的方法论和议程相互作用的，以提醒人们注意生态批评中对海洋的关注明显不足，从而

[①] Sidney I. Dobrin, *Blue Ecocriticism and the Oceanic Imperative*, New York: Routledge, 2021, p. 26.

开启了一场关于蓝色生态批评的对话。多布林认为,生态批评担当了从环境角度审视文学的使命,正如戴维·梅泽尔对生态批评作出的定义所说,它是"对文学的研究,就好像环境很重要一样",而且"无论如何定义,生态批评似乎都不是一种单一的方法,而是一系列方法,除了对环境的共同关注外,几乎没有什么共同点"[1]。然而其他学者对生态批评的定义却补充揭示了这样的共性。如格洛菲尔蒂所言,"生态批评是对文学与物质环境之间关系的研究。……生态批评采取了以地球为中心的方法进行文学研究"[2]。

尽管格洛菲尔蒂强调生态批评是"以地球为中心"的研究,认为生态批评"将'世界'的概念扩展到包括整个生物圈",但生态批评依然被描述为"立足文学,也立足大地"[3]。所以在多布林看来,生态批评虽是针对地球的,但惯常以陆地为研究对象,是出现在土地审判思维氛围中的研究,一向被认为是"土地伦理"的体现。这种土地伦理的思维模式不难让人联想到来自于奥尔多·利奥波德"像山一样思考"的概念。[4]

长久以来,生态批评通常明确地与绿色道德和政治议程相互联系,"绿色"从而作为一个通用术语被用来概括环境主义政治立场的

---

[1] David Mazel, "Introduction", in *A Century of Early Ecocriticism*, David Mazel (ed.), Athens: University of Georgia Press, 2001, pp. 1-2.

[2] Cheryll Glotfelty, "Introduction: Literary Studies in an Age of Environmental Crisis", in *The Ecocriticism Reader: Landmarks in Literary Ecology*, Cheryll Glotfelty & Harold Fromm (eds.), p. xviii.

[3] Cheryll Glotfelty, "Introduction: Literary Studies in an Age of Environmental Crisis", in *The Ecocriticism Reader: Landmarks in Literary Ecology*, Cheryll Glotfelty & Harold Fromm (eds.), p. xix.

[4] Sidney I. Dobrin, *Blue Ecocriticism and the Oceanic Imperative*, p. 3.

多样性，这也暴露了一种文学与文化上以陆地框架驱动环境意识形态的倾向，甚至"绿色"成为生态和谐的代名词，是环境政治的象征，例如绿色运动、绿党等等。以上种种，都表明在生态批评发端以来的传统话语理论体系中，包含一种隐藏的基于陆地的思维框架。从陆地视角进行批评分析的普遍性成为生态批评赖以生存的陆地隐喻底色，而跨文化浪潮中的生态批评对话需要从基于陆地的想象转向广袤神秘的海洋，专注于人类和海洋的互动，以及分析阐释海洋文本之后实践性的倡导和行动。

作为地球上面积最广大的区域，海洋与气候变化、海洋栖息地丧失、气温上升、冰川融化、海洋污染、海平面上升、疾病增加等危机相互交织，如果寻求生态危机的解决之道，就不可能忽略以水体（以海洋为代表）为研究对象的蓝色生态批评。伊丽莎白·M.德洛格里（Elizabeth M. DeLoughrey）如是说："我们最明显的行星变化迹象是海平面上升，催化了一种新的海洋想象，以及人类与地球上最大空间的关系。"[①] 海洋驱动气候改变，如果不深入思考海洋及其物种，我们就无法应对气候变化。所以，生态批评在文化想象中关注气候变化、海平面上升、冰川融化和海洋污染等现实状况，这是发展生态批评不可或缺的环节。

蓝色生态批评使生态批评超越了以往的思维框架。全球化和生态世界主义的浪潮激发了蓝色生态批评与伦理批评的结合，其间涉及的海洋表现的问题被理解为是地方和全球、区域化与全球化相结

---

① Elizabeth M. DeLoughrey, *Allegories of the Anthropocene*, Durham: Duke University Press, 2019, p. 134.

合的表现。陆地与海洋的勾连应和了跨国主义、世界主义和厄休拉·K.海斯的"生态世界主义"概念。海洋是一个环境全球化、跨国主义和世界主义的复合作用场地，蓝色生态批评的发展为生态批评提供了一个更全面、深刻面对生态危机的机遇。近年来，随着气候小说的出现，海平面上升、城市被淹没、海洋物种灭绝等成为生态文学和灾难电影中的标志性场景。围绕海洋的文化叙事和现代的文本表征都在提醒人类，灾害不仅仅是自然过程，更有可能背后隐藏着人类行为的影响。故而蓝色生态批评承认当前形势的现实，并从这一现实的立场出发，也呈现出生态整体性的行动倾向或意识。

早先的生态批评缺乏对于海洋进行研究的分支，但西方文学史乃至全球文学史中，无不充斥着对海洋的描绘，或瑰丽崇高，或神秘惊险，变化莫测的海洋一直都是文学里的重要意象。丹尼尔·笛福（Daniel Defoe）的《鲁滨孙漂流记》（*Robinson Crusoe*），欧内斯特·米勒·海明威（Ernest Miller Hemingway）的《老人与海》（*The Old Man and the Sea*）等，都是世界文学史上耳熟能详的海洋文学作品。复杂多变的海洋或是作为叙事背景用以凸显人物之间的事件冲突，或是被塑造成主人公与之抗争的狂野自然力量，表达英雄、归乡、旅程、征服等主题，充满了开拓、殖民、驾驭自然等隐含意义。

文化想象中所描绘的海洋波谲云诡、复杂多变，"18世纪文学中的海洋是一个地方，19世纪文学中，海洋又是另一个地方；因为美国的海洋与英国的海洋有着显著的不同……文学中的海洋不是一个可以证实的对象，不同时期的作家以不同程度的成功和不同程度的强调来描述；相反，它是一种流动性极强、不稳定性极强的元素，为每一位作家和每一代人塑造了新的形象"[1]。尽管人类居住在地球的陆地上，只能从陆地的角度思考，以有限的、间接的方式冒险切入海洋空间，但在人类与海洋的关系方面，在描绘海洋以及与海洋互动的历史方面，蓝色生态批评具有开拓性，这种尝试可以刺激生态批评凭借基于陆地的方法论和认识论，去关注海洋描述，去加深对全球各种自然及文化处所相互联系方式的理解，并探究人类作用如何影响和改变这些联系。

蓝色生态批评旨在引起人们对受到忽视的海洋问题的关注，并强调需要扩大生态批评的视野，因为海洋的文学和文本表现有助于文化想象，海洋在全球生态和环境危机中起着至关重要的作用。也就是说，蓝色生态批评试图强调海洋在生态批评研究中被严重忽视的重要性，以及海洋表现形式在文化想象中的影响。杰斯米恩·伊斯特蒙德（Jasmyne Eastmond）在其论文《陆地行星的局限：水陆行星上的章鱼亲缘关系》("The Limits of Planet earth: Octopus Kinship on a Terra-Aquatic Planet"）中指出，"当代所谓的西方媒体和环境研究传统上表现出一种概念偏见，即对地球的研究几乎完全集中在陆地空间及其居民身上"[2]，因此他主张，地球丰富的水资源使其有理由被称为"蓝色星球"，而地球的现实名称并没有充分考虑到这一点，为了有助于更全面地认识地球的多样性，之前以陆地为中心的

---

[1] Jonathan Raban (ed.), *The Oxford Book of the Sea*, Oxford: Oxford University Press, 2001, p. 3.
[2] Jasmyne Eastmond, "The Limits of Planet earth: Octopus Kinship on a Terra-Aquatic Planet", *Green Letters: Studies in Ecocriticism*, Vol. 27. 4 (2023), p. 391.

哲学现在须采用包括海洋观点在内的新的陆地—水生思维模式。而章鱼作为一种原型代表，能体现出人类与非人类相互纠缠时显现的二分法。因此应将章鱼视为生活在地球上的生物，而不仅是一种象征，这种地位的赋予有助于承认和接受在这个共享星球上存有人与非人共生关系的网络。

在生态危机的背景下，水的"无处不在"具有独特的环境意义。史蒂夫·曼茨（Steve Mentz）不仅针对海洋，同时还以淡水、气态水、固态水为研究对象，他撰写的《蓝色人文学科导论》（*An Introduction to the Blue Humanities*）是探索人类与水接触的多种方式的著作，他将文学、文化、历史以及生态学的理论相联系，向读者介绍以水为中心的思维的历史和理论。主要分析文本包括荷马（Homer）的《奥德赛》（*The Odyssey*）、路易斯·瓦兹·德·卡蒙斯（Luis Vaz de Camões）的《卢济塔尼亚人之歌》（*The Lusíads*）、塞缪尔·泰勒·柯勒律治（Samuel Taylor Coleridge）的《古舟子咏》（"The Rime of the Ancient Mariner"）与赫尔曼·梅尔维尔（Herman Melville）的《白鲸》（*Moby-Dick*）等作品，呈现知识文化的新趋势以及人类思考水的持久历史。在曼茨的这本书中，海洋文学作品展示了我们生存的这个星球上，从世界海洋的漫长海岸线到太平洋云层、地中海湖泊、加勒比海沼泽、北极冰川、南大洋暴雨、大西洋地下水和印度洋河流的壮阔景象，为蓝色人文学科的未来思考和研究提供了新的途径。

这部书中所展现的连接星球表面所有海洋的巨大循环系统引起了多个领域学者和思想家的关注，世界海洋构成了地球的主要特征，蓝色人文学科及其相关论述的学术研究被海洋的浩瀚所震撼。随着以海洋为中心的学术话语的发展，人们的注意力从海洋中发散出来，开始注意河流、湖泊、冰川和许多其他形式的水。蓝色人文学科作为学术话语逐渐走向成熟。在蓝色人文学科的旗帜下，从水批评到批判性海洋研究再到海洋历史的各种研究形式聚集起来，文学研究、环境史、人类学、艺术和相关话语中的理论快速增长，产生了大量的多元化知识，对地球之水的相关研究充满灵活性和思辨性，回应了当今生态灾难时代的全球关切。①

曼茨进行水批评的目的既包括描述水的复杂运作，也包括想象改变人类与水关系的方法，旨在阐明人类与水之间在所有形式和阶段的关系。在他的视野中，蓝色人文学科的未来需要一种真正的汇聚全球性、富含包容性的创造性方法，而这种方法受到本土文化实践的启发，并与本土文化习俗相辅相成。蓝色人文学科致力于探索形式多变的水如何塑造人类和人类历史，将公正的愿景扩展到地球上的所有水域。它自觉地将研究对象与人们惯常熟悉的绿色陆地区分开来，构建出一种蓝色模型，以探讨人类与陌生且无法生存其中的环境之间的关系。也就是说，虽然绿色生态批评研究已经并将继续产生许多意义和价值，但生态批评的蓝色转向弥补了生态批评中的海洋缺失，在一定程度上扩展了话语。

---

① 参见 Steve Mentz, *An Introduction to the Blue Humanities*, New York: Routledge, 2024, p. 1.

第三节 星球意识与生态世界主义

近年来,"全球化"的概念已经成为人文社会科学中政治、社会和文化理论的核心术语。跨文化生态批评不仅认识到西方文学在更大的全球文学体系中只是一小部分,而且认识到不同文学之间存在着许多重要的交流以及相似之处,探索追求生态文本提出的建立人与非人和谐关系的机会。在这种情况下,跨文化生态批评试图尽可能地摒弃"中心主义",在动态关系中将人与非人生物及物质环境的价值在语境中融合在一起,努力探索更多事物的视角并颠覆单一感知和等级制度的主导范式。跨文化生态批评隐含着一种激进的、非殖民化的理论倾向,在这种理论体系中,西方的征服、分类和压榨模式被反思、被抗争。跨文化生态批评欣赏并接受一系列多声部的复杂表达,接受生态系统表达自身及其各部分之间联系的多样性方式。

随着生态批评凸显全球化主题的第三次跨文化浪潮兴起,生态批评陆续受到了"星球意识"和"风险社会"等理论的启发和影响,具有国际性、比较性特征的关联文化研究进一步拓展。环境风险在全球资本作用下的流动性促使生态批评的视野从本土扩向洲际乃至全球,生态殖民、环境风险转移、多种族/民族性、第三世界的环境非公正等内容纷纷成为焦点,产生众声喧哗的批评效果。厄休拉·K. 海斯强调环境公正生态批评是"(生态批评)领域内至今唯一深刻探究全球化重要议题的分支"[1]，并提出两个全球化理论的核心概念："生态世界主义"（eco-cosmopolitanism）与"去地域化"（deterritorialization）。前者超越"临近伦理"之界域，研究具体文化状况中的个体与群体以何种方式将自身设想为全球生态系统中的组成部分，而后者则标志着社会及文化实践同所在区域间关联的消失。因为"过度投入地方研究"具有局限性，生态世界主义试图"想象以生态为基础的倡议活动如何代表非人世界以及更宏大的社会环境公正，其构想不再主要以与本土的联系为前提，而是以与被理解为涵盖整个地球领土和系统的联系为前提"[2]。面对跨越国界的环境风险，生态批评从世界主义立场解析这种情境并帮助弱势群体实现环境斗争中的身份认同进而自我赋权，以此在多元文化的冲击与多种力量的博弈之间，面对世界性的风险社会形成维护公正伦理的合力。

2008年，海斯出版了《地方意识和星球意识》（Sense of Place and Sense of Planet），明确地将"生物区域主义""地方依恋""星球连通性""环境世界公民"等重要术语推至生态批评这波浪潮的研究中心。在海斯看来，"地方"的界域已经从局部扩展到了全球，当今时代的空间、政治和经济背景使得整个星球都可以被当做自家的庭院，自20世纪60年代以来萌芽的全球主义意识逐步成为社会和文化理论的核心关注点。这本书的书名意指"本土行动"和"全球思考"，暗示人类在地方层面的能动性应该由全球层面的地方意识来构

---

[1] Ursula K. Heise, "The Hitchhiker's Guide to Ecocriticism", *PMLA*, Vol. 121.2 (2006), p. 513.

[2] Ursula K. Heise, *Sense of Place and Sense of Planet: The Environmental Imagination of the Global*, New York: Oxford University Press, 2008, p. 10.

建。实际上,全球与本土相互影响。如同海斯表述的那样,"环境保护主义需要培养对世界各地各种自然、文化的地方和进程是如何相互联系和塑造的以及人类的显著作用如何影响和改变这种联系的理解,而不是关注地方意识的恢复"①。海斯表明了两个重要的观点。第一,理解的转变涉及重新调整的问题,人们认识到当地"自然和文化地方"发生的事件会对周围环境产生直接或间接的影响,例如1815年印度尼西亚坦博拉火山爆发改变了许多地区的气候,造成了著名的"无夏之年"。第二,在人类世,人类的干预能够影响、改变并切断全球共享的联系,例如,2010年英国石油公司的墨西哥湾漏油事件引发沿岸严重的生态灾难。海斯的观点提醒我们,通过地方意识和全球意识的结合,人类既要关注代表周边生态的生物区域,又要重视全球关联的生态系统。②

海斯借鉴全球各地不断增加的多样性视角,呼吁将生态批评对地方的狭隘关注扩展到对全球的环境想象,关注"对全球联系的接受和抵制之间,以及对行星愿景的承诺和对当地的乌托邦式再投入之间"③的紧张关系。海斯的《地方意识和星球意识》促使生态批评不仅与当地相接触,而且与整体的甚至包含地球的领土和系统相接触。她对早期生态思想的正统观念进行了重新思考,以独特思路展

---

① Ursula K. Heise, *Sense of Place and Sense of Planet: The Environmental Imagination of the Global*, p. 21.
② 参见 Dewey W. Hall, "Introduction: The Matter of Place-Consciousness", in *Victorian Ecocriticism: The Politics of Place and Early Environmental Justice*, Dewey W. Hall (ed.), Lanham: Lexington Books, 2017, p. 7.
③ Ursula K. Heise, *Sense of Place and Sense of Planet: The Environmental Imagination of the Global*, p. 21.

示了过度关注当地归属感如何对全球环境运动有害。虽然地方意识极有可能成为指引人们正确环境导向的有力辅助，但如果将它理解为一种创始的意识形态原则不加变通的话，就可能会空有远见而无法实现愿景。同时，这种联系的意识不会以牺牲对当地生态的关注为代价，而且对生态环境的全球意识有可能去除殖民化。在海斯的观点中，地方概念是开放的，环保主义的重点将不是保护原始、真实的生态系统，而是培养其改变和进化的能力。

生态批评在第三次浪潮中与全球化、跨民族主义和世界主义相联系，从"地方"逐渐走出本土思维，迈向生态世界主义。无论是人对"地方"的身体附着和精神依恋，还是人与"地方"万物和谐共生的关系，跨文化态势都影响到"地方"概念，使其与生态批评的主流趋向相互呼应。"地方"概念的扩容挑战了狭隘的本土环保思想，当地方意识延续和拓展为星球意识时，也就意味着生命共同体范围的进一步扩张。新出现的星球意识以独特的思想和方法，从生态、文化、政治和美学的角度重新想象星球，达到全球共同依存的状态。

跨国和后殖民生态批评理论的论点在星球意识的指引下都得到了积极的国际回应，这有助于改变整个生态批评领域的视野，承认生态思想和实践的地方和全球维度之间多重多元以及不可避免的联系。文学叙事对代表和探索地方与全球之间至关重要的生态伦理联系能做出特殊贡献，在区域化和普遍化之间产生的双重冲动和生产张力中，一方面表现为对地方此时此地具体生活的探索，另一方面表现为超越所有内部和外部界限，走向潜在的全球意义和受众。在文学文本中，对当地自然现象及其生态伦理潜力的关注隐含地包括并延伸到地球上所有生命形式的生态网络。

跨文化生态批评被视为对当前环境危机的回应，它不仅跨越了区域、语言、文化或民族之间的距离，在世界范围内取得了全面的学科发展，而且至关重要的是，它促使人们关注人类与全球物种的万物相连背景，重塑全球环境的生物多样性。跨文化生态批评旨在将地方和全球、局部和全局、人类和非人类的观点结合起来，认识到生态问题、环保实践和行动过程的复杂性。例如几年前的全球新冠疫情，让我们了解到在一个相互联系的世界中，新的常态可能是以重大生态破坏为特征的。生态系统的脆弱性与社会差异、经济不平等和文化差异息息相关，全球性的生态危机除了加深人们对更广泛的全球网络如何塑造自己的地方和经历的认识外，还凸显了地方与全球力量和运动的交织，以及人类世生命的不稳定性。

随着文学文本和文学想象从地方意识向星球意识的转变，特别是在生态批评与现代伦理学对话的背景下，文本中的区域与全球之间的关系呈现出新的面貌。乌尔里希·贝克（Ulrich Beck）在其著作《风险社会：朝向一种新的现代性》（*Risk Society: Towards a New Modernity*）和《世界风险社会》（*World Risk Society*）中提出的"风险社会"概念为生态批评提供了一个理论支撑。他指出，科技、工业和现代化的发展不仅为人类带来了福祉，也同时催生了各种潜在的风险与灾难。该理论研究了某些类型的风险是如何在复杂和大规模的社会和技术系统中产生和叠加的，涉及风险与现代化和全球化进程的关系。将气候危机、全球能源、后殖民主义等多个热点与生态批评串联起来，在历史上前所未有的变革中，考察地方和全球的这种相互依存关系，而且这种关系可以在许多不同的类型和媒体中得到探索——在非虚构报道、纪录片或关于博帕尔事故、切尔诺贝利事故或卡特里娜飓风等环境灾难的文本中，这些都是地方、政治、国家、跨国和全球力量相互作用的典型事例。将对当地和全球想象的分析与风险理论联系起来，既是因为风险情景对栖居有着至关重要的影响，又是因为"世界性的风险社会"之概念最近已成为想象全球联系的最重要方式之一。

"风险社会"理论假设全球风险情景会导致社会结构发生深远的变化，在全球生态危机的情况下具有特别重要的意义，它促使环保主义者反思"地方意识"在与全球化和世界主义理论交流中的重要性，试图探索在日益脱离特定地理位置的文化形式中生态意识的新的可能性，对风险感知及其社会文化框架的研究成为文学和文化生态批评的组成部分。"风险社会"理论引起对环境文学和文化研究如何与其他理论研究领域有效互动的考察，这将有助于理解更普遍的环境主义思想如何应对全球化所面临的快速变化的现实。例如唐·德里罗（Don DeLillos）的小说《地下世界》（*Underworld*）描写了计算机和信息技术时代核能与垃圾的全球影响。书中碎片化的叙事方式突出了小说"万物相连"的基本主题和美学原则，非线性和混合式的表达显示了生活的多样性，并对危及生命和毁灭生态环境的倾向予以深刻批判。当文学文本被置于一个超越自我、国家和文化界限的更大的且富有想象力的文学体系中时，其不仅对自身的社会文化做出反应，而且对跨越国界和全球维度的文化做出反应。

彼得·明特（Peter Minter）观察到连接"文学"与"自然"的生态诗学的分歧，将跨文化生态诗学分为两大类，即"营养性的跨文化生态诗学"和"破坏性的跨文化生态诗学"，在诸如生态的、审美的、跨文化的或去殖民化的领域里，其中的事件对构成要素的变革性重构将会转向或是积极或是消极的载体。尽管明特自己也承认，此处"积极"和"消极"的分类并不是非常明确，也许会呈现出必然的模糊，但根据生态批评的环境保护"活动家愿景"，无论是从社会、文化还是从环保主义运动的角度来看，跨文化生态诗学之跨文化事件的一般类型根据其伦理和美学的界限，总是可以归为一类和平的、有营养的"积极"事件，以及另一类好战的、榨取性的"消极"事件。根据他的总结，在消极的情况下，破坏性的跨文化生态诗学通常出现在充满"殖民权力矩阵"的文学和美学对象中。[①] 明特关于跨文化生态诗学的分类提供了有助于我们在广义上探究跨文化批评路径的方式，并提醒我们虽然跨文化诗学是全球一体发展趋势下合乎历史潮流的学术进路，但要警惕它消极的一面可能会与殖民和剥削勾连的负面影响。

"'环境危机'并非只是一种威胁土地或非人类生命形式的事情，而是一种全面的文明世界的现象（以各种形式包括了全球所有国家）……生态批评的任务不只在于鼓励读者重新去与自然'接触'，而是要灌输人类存在的'环境性'意识——作为一个物种的人只是他们所栖居的生物圈的一部分——还要意识到这一事实在所有思维

[①] 参见 Peter Minter, "Transcultural Ecopoetics and Decoloniality", in *Transcultural Ecocriticism: Global, Romantic and Decolonial Perspectives*, Stuart Cooke & Peter Denney (eds.), London: Bloomsbury, 2021, p. 195.

活动中留下的印记。"① 凭借从本土到全球的跨文化地方想象，在地方诗学和全球想象之间，生态批评以跨文化路径跨越文本和现实的距离，在地球生物圈的维度上考察人与自然的关系，形成对于环境危机更广泛、更全面的揭示和应对。生态批评的这种跨文化主流趋势的形成，旨在将地方和全球、人类与非人类世界紧密相连，突出生态理论问题和环境保护实践的复杂性。近年来，全球的气候变化和疫情的严重状况愈发表明了全球生态一体相关的实质，也让我们更加认识到人类作为生态系统里的一个物种，对环境风险的抵抗力并不比其他物种更强，而且生态危机越来越与人类活动关联密切。环境灾难的伤害性有时具有明显的地方和区域差异，它对一些社区的伤害分明比其他社区大得多。这些现象一方面突出显示了在人类世中，生命的脆弱和生态的动荡；另一方面也深化了我们对于关联地方、区域乃至全球网络的生态认知。

在气候变化和人类世的背景下，不仅政治议程和社会文化实践需要彻底改变，而且文学类别也需要相应调整，生态批评的发展路径应当始终是学者之间正在进行的持续对话和合作形式的一部分，而不仅仅是个人思想的单一孤立贡献的积累，它需要为气候变化等重要的生态政治问题提供全世界范围内对话与合作的可能。地方与全球的融合可以追踪当代文本文化中本土与世界之间，以及后殖民和跨文化生态世界主义思想模式之间的冲突取向，体现跨学科性的不同维度，并以多种方式反映和折射国家文学与跨国文学的相互影

---

① 劳伦斯·布依尔、韦清琦：《打开中美生态批评的对话窗口——访劳伦斯·布依尔》，《文艺研究》2004 年第 1 期。

响和对话联系，形成古典和现代、地方和全球的汇聚融通。具有星球意识的文学的跨文化性开启了所有文化之间的对话，并能防止文学的同质化。在此意义上，文学代表了一种可持续的文本形式，不仅存在于呈现其历史发展的历时背景中，而且存在于不断扩大的文学领域与其他文本不断反应、互动、交流和共存的共时关系中。它在审美过程的不确定性和多义的开放性中，为读者提供了批判性自我反思和不断新生的创造性意识。

在人类世的关键时刻，整个世界成为一个"地球村"，伴随着生态和技术风险日益加剧而体现全球化进程。生态现状空前地情况复杂，局部变化也空前地牵一发而动全身，这迫切需要将地球环境保护责任和综合性的学术研究融合在一起，聚合动态且日益丰富的知识体系的跨文化生态批评从对全球生态系统影响的角度来看待大规模以及长期性的人类行为。生态批评以跨文化趋势作为理解和应对的方式，去除中心、去除殖民化、超越地域界限，寻求综合的生命价值观，探索自然与文化的进一步互动，搭建人类、动物、植物和物质环境之间协同交互的共同体网络。生态批评学者通过反思地方意识与全球化和世界主义理论交流的重要性，不再将生态意识固定附着于特定地理区域的文学与文化中，从而发展出立足全球视野的"星球意识"，并试图与其他理论研究领域进行有效互动，用更普遍的环境保护思想应对全球化日新月异的面貌。生态批评不仅涉及自然与文化之间的复杂谈判，也涉及不同文化之间的复杂谈判，这种充满变革性的理论话语突破樊篱，在人类和非人类及其生存的物质环境之间想象对话，发展生态危机时代人与自然的和谐关系。

"文学作为文化中的一种生态力量，以双重方式运作：作为现代生活和文明中隐藏的冲突、矛盾、创伤和致病结构的感官和想象共鸣板；作为语言、感知、想象和交流不断创造更新的源泉。作为激进文明批判的媒介，文学同时为文明体系的不断自我更新提供了可持续的生成矩阵。"[1] 生态批评的跨文化潮流既尊重特定地域的历史和文化，又面向立足全球的整合性与普适性，促进不同文化的相遇、互动和转化，这使其成为文学和文化研究中具有全球意义的研究范式，构成环境人文学科不可或缺的组成部分，并能有效解答人文学科为何在当下依然如此重要的问题。从这个意义上讲，生态批评不是一种单一的统一理论或方法论，而是一个生动、多中心、动态发展的跨文化和跨国对话的平台，在不断变化的话语领域中以探索性视角回应人类对于生态危机的思考。

---

[1] Hubert Zapf, *Literature as Cultural Ecology: Sustainable Texts*, London: Bloomsbury, 2016, p. 28.

第五章　新物质主义浪潮中的生命共同体思想

在生态批评的第四次浪潮中,"物质性"成为这波新趋势的关键词。新物质主义对生态批评的影响在 2010 年前后日益显著,这一新趋向突破了传统人文主义框架下"自然"与"文化"的二元对立,将物质性置于生态思考的核心。物质生态批评(material ecocriticism)是 21 世纪生态批评理论的重要转向。从概念视野上来说,物质生态批评导向对物质叙事、物质渗透、物质符号的重视。从理论贡献上来说,物质生态批评承续了来自新物质主义和生态后现代主义的理论渊源,灵活运用了多个重要的新颖术语,如"跨身体性""能动性""叙事性""物质意义"等,基于物质角度改变人们根深蒂固的对自然施加掌控和驾驭的思维定式。这次浪潮构筑了与以往差异明显的视角,将地球视为一个由话语和物质决定的世界,立足事物的能动性和物质的联系性寻求生态批评新的理论阐发。

第一节　物质生态批评的生成与概观

在 20 世纪 90 年代末和 21 世纪初，生态批评学界存在一些关于后现代主义与深层生态学，以及生态批评理论与实践高度两极分化的情况，物质生态批评试图将环境论争中的"物质转向"与新物质主义思潮结合起来，据此使这种分化现象得以改变。彼时的生态批评经过前三次浪潮的发展之后，研究方向多样化，呈现出许多分支，如后殖民主义、女性主义、环境公正、地方性、生物区域性和跨国性研究等等，虽然其方法和观点各不相同，但在构建更平等的非人类中心的话语结构方面达成了普遍共识。生态批评在多重合力的作用下形成了一个由文学、文化和"不仅是人类的世界"所构成的，多元路径、多种方向的研究体系。在这个体系里，人类的故事与非人类生命的故事，甚至地球的故事，比以往更加深刻地纠缠在一起。

自 2010 年之后，生态批评与新物质主义、生态后现代主义的联系更加明显，发展出以物质生态批评为标志的第四次浪潮。它是在以往研究基础上探索生态危机解除方式的进一步扩展。在《文学与环境的跨学科研究》2012 年秋季刊中，斯科特·斯洛维克指出："随着 2012 年底的临近，生态批评的物质转向正在扩大，很可能代表了新的'第四波生态批评'。我看到越来越多的研究和课程强调环境事物、地点、过程、力量和经历的基本物质性（物理性、结果性）。"①斯洛维克认为物质生态批评的可能性已经显现，而且这种物质趋势不仅仅发生在北美，而是波及全球。塞瑞内拉·艾维诺（Serenella Iovino）和瑟皮尔·奥普曼（Serpil Oppermann）则指出，物质生态批评的贡献表现在，它不是将生态批评学者分为话语与真实的不同阵营，而是通过将这两个不同阵营直接带入对话来重新关注这一领域，从而将生态批评导入一个新的探索领域：一个物质现实融入话语动态的领域。② 在生态批评学者们的推动下，物质生态批评融合新物质主义、生态后现代主义等思想，形成了具有突破性的生态批评范式。

物质生态批评坚信人类与非人类都处于一个关系范畴中，相互牵绊而不是彼此对立，强调在人类与非人类错综复杂的动态关系中存在的物质性。与此同时，物质生态批评认为"物质的生成过程中具有隐含的文本性，这种文本性既存在于物质能动性的自我表达方式中，也存在于物质动力与话语实践共同作用下身体呈现的方式中……在较为广泛的框架内，物质生态批评研究的是各种物质形式——身体、事物、元素、有毒物质、化学制剂、有机物和无机物、景观和生物实体——如何通过内部作用以及与人类维度的互动，生成可被我们解读为故事的意义构型与话语体系"③。

---

① Scott Slovic, "Editor's Note", *Interdisciplinary Studies in Literature and Environment*, Vol. 19.4, (Autumn 2012), p.619.
② 参见 Serenella Iovino & Serpil Oppermann, "Theorizing Material Ecocriticism: A Diptych", *Interdisciplinary Studies in Literature and Environment*, Vol.19.3 (Summer 2012), p.448.
③ Serenella Iovino & Serpil Oppermann, "Introduction: Stories Come to Matter", in *Material Ecocriticism*, Serenella Iovino & Serpil Oppermann (eds), Bloomington and Indianapolis: Indiana University Press, 2014, pp.6-7.

物质生态批评具有鲜明的理论特色，"物质生态批评的特殊性在于，它不仅关注文本中出现的物质，而且关注文本本身。我们认为，这种超越规范文本边缘的文本性领域的扩展，以及由人类诠释者和物质文本性之间的相互作用（或使用切丽尔·格洛菲尔蒂著名的隐喻，'异花授粉'）产生的'实际'方法论的阐述，是这一新范式对生态批评研究领域的主要补充"[1]。作为生态批评的一种趋向同时也逐渐成为一个分支，相较于早期生态批评对自然书写的关注和环境议题的重视，物质生态批评将观察分析的重点转向较为微观的层面，关注微观物质带来的整体作用、物质性与生态系统或非人类实体的互动，这些颇受新物质主义、后人类中心主义和跨学科研究的影响，使生态批评扭转了人类中心的向度而朝着物质中心的向度发展。在这种范式中，所有物质都被视为具有能动性的主体。不仅环境污染、物种灭绝、环境压迫等生态危机继续得到关注，而且包括飓风、细菌、海啸和核电站等在内的一般的环境现象也被作为审视剖析的对象。

物质生态批评的理论领域将其边界与生态认知、伦理态度、社会建构和科学实践等领域混合在一起。这种物质转向从根本上将物质的能动性提高到生态批评分析研究的新高度，从新角度和新焦点表现出生命共同体思想。在这种视域下，物质不是被动的对象，而是可以自我组织并产生影响的实体，所以人的身体成为受到热切关注的对象。物质生态批评从根本上来说，是一种基于人类和非人类

---

[1] Serenella Iovino & Serpil Oppermann, "Introduction: Stories Come to Matter", in *Material Ecocriticism*, Serenella Iovino & Serpil Oppermann (eds), p. 6.

之间共享物质性概念的新兴批评范式。

一些文章虽然没有冠以物质生态批评之名，但是它们却表现出与生态立场的物质主义产生共鸣的解释倾向。斯洛维克进一步阐明了物质生态批评的座右铭，即"一个借由身体感知的新知识世界似乎正在敞开"[①]。斯洛维克的判断为生态批评第四波浪潮进行了关键概括，在这一阶段中，生态批评朝着微观、非人、能动、活力、纠缠、互联等关键词发展。此框架中，物质充当了由多种能动性组成的文本，表现出物质性、符号性和话语性的汇聚。物质生态批评重新绘制出生态系统中各元素相互作用的情形，并且在人类和非人类能动性的复杂、非线性、共同进化的相互作用中重构文学、文化、伦理和政治。"物质—符号现实"的理论视野强调了话语和物质之间的复杂关系，将人类和非人类因素、人体和自然世界的物质性并置于分析前沿。

皮帕·马兰（Pippa Marland）揭示了物质生态批评的三个关键问题，"首先，前提是人类和非人类世界之间存在共同的物质性，这使得人类和环境之间的区别变得过时，完全超越了'自然'的建构；其次，是一个观点，认为所有这些共享的物质都有能动性；第三，是这些物质混合的复杂性和混杂性所暗示的伦理和政治挑战"[②]。物质和话语相互作用，关联纠结密不可分，组成一幅复杂的图景。身体被视为汇集个人、社会和生态破坏的场所。物质生态批评既考察

---

① Scott Slovic, "Editor's Note", *Interdisciplinary Studies in Literature and Environment*, Vol. 19.4, (Autumn 2012), p. 620.
② Pippa Marland, "Ecocriticism", *Literature Compass*, Vol. 10.11 (November 2013), p. 856.

文本中的物质，也考察作为文本的物质，试图揭示身体自然和话语力量在表征或具体现实中表达相互作用的方式。

在物质和话语的对话中，人类和非人类的身体都成为一个特别有趣的分析与关注场所。史蒂西·阿莱默（Stacy Alaimo）在分析身体和跨物质性时指出，人的身体"总是与不仅是人类的世界交织在一起"，因此"最终与'环境'密不可分"，她认为，对物质性的思考"需要丰富、复杂的分析模式，这些模式需要穿越物质和话语、自然和文化、生物和文本的纠缠领域"。[①] 人类与非人类物质在这种物质生态批评的理论框架中相互依存和共同演化，跨物种和跨物质的互动、万物一体的理念推进了物质生态批评中对生态系统多元实体关系的思考。

物质生态批评理论认为，"地球是一个有生命的星球，在这个星球上，一切都是一个不断展开的行星故事的传奇主题，这个故事在塑造世界的同时，也被这个世界所塑造。换句话说，故事创造了创造它们的世界，并配置了产生它们的现实。故事和世界的相互构成从来不是绝对对立的；相反，当故事和世界以多种方式相互塑造时，就会发生一个过程，通过这个过程，世界被认为是由话语和物质决定的"[②]。由是观之，物质生态批评的研究图景借助分析人类与非人类相遇的故事而认识由话语和物质构成的世界，在故事与世界相互塑造的关系中探索生命共同体思想的新支点。

[①] Stacy Alaimo, "Trans-corporeal Feminisms and the Ethical Space of Nature", in *Material Feminisms*, Stacy Alaimo & Susan Hekman (eds.), Bloomington: Indiana University Press, 2008, p. 238.

[②] Serpil Oppermann, *Ecologies of a Storied Planet in the Anthropocene*, Morgantown: West Virginia University Press, 2023, p. 1.

物质生态批评体系跨越学科，强调物质维度和具身性，走出消解主客体二元对立模式的路径。在生命共同体的思路框架中，物质生态批评揭示出一个充满物质的活力和创造力的世界，其中物质与话语、人类与非人类力量之间的互动构成了复杂的叙事网络。更深一层地追问下去，我们会发现物质和话语这两个方面也在通过自然力量和社会力量而相互塑造和调节。新物质主义的思路为我们提供了一个机会，让我们重新审视物质的重要性，去尝试理解物质作为生命存在的核心的重要性，去努力探究物质如何在叙事中展现其创造性和活力从而塑造生命共同体，塑造我们生活的这个世界。这种叙事不仅是人类对生存于其中的这个世界的一种解释方式，更是物质世界自身表达其内在生命力的方式。

第二节　物质生态批评的核心概念

本节探讨物质生态批评的几个核心概念：不仅是人类的世界（a more-than-human world）、物质的叙事能动性（narrative agency）、跨身体性（trans-corporeality），以此阐述物质生态批评在吸收了新物质主义和后现代主义的思想养料之后，形成的对"物质生成过程"的新颖理解。

一、不仅是人类的世界

戴维·艾布拉姆（David Abram）是一位文化生态学家、哲学家，他于1997年出版了《感官的咒语：不仅是人类的世界之感知与语言》(*The Spell of the Sensuous*: *Perception and Language in a More-than-human World*)。此后,"不仅是人类的世界"成为一个关注非人类领域的常用词。艾布拉姆将该词作为克服自然与文化分歧的一种方式,建议将人类世界视为"不仅是人类的世界"的子集,而且作为包含但是超越我们所有人类设计的物质集合的子集,人类与"不仅是人类的世界"是可以感通交流的。这种理论从感官感知和语言的生态维度研究这两个相互依存的领域如何调节人类与有生命的地球之间的伦理关系。

书中提出的一个重要观点是,人类与自然之间的联系远比人们通常认为的要更加紧密。艾布拉姆通过描述动物行为、对自然现象的感知以及语言在人与自然互动中的作用,展示了人类感知和语言在塑造我们对世界的理解中所扮演的角色。艾布拉姆认为,通过重新连接身体与自然界,我们可以更好地理解我们自身的存在以及与自然的关系。"不仅是人类的世界"强调人类与自然界的深刻联系和互动,认为人类应该深入地理解和体验自然,坚持人类与自然界之间存在着一种基本的、深刻的、不可分割的共生关系,促使人们重新思考人类在自然界中的位置和作用。同时,"不仅是人类的世界"的概念提供了一个宏大的生态观体系,如果人类只关注人类世界,而对"不仅是人类的世界"听之任之、不屑一顾的话,那么生命共同体的构建就成为虚无的空中楼阁。关注呵护"不仅是人类的世界"是构建生命共同体不可缺失的必要前提。

人类中心主义是一种将人类利益置于非人类利益之上的信仰体系。物质生态批评认为,将生态系统设定为以人类为中心的生命等级制度忽视了非人类的杂合性、不可捉摸性及其活力。而物质生态批评是一种充满故事的复魅模式，它强调的物质性解除了人类中心的偏执，它所要求的是一种人与非人之间发生纠缠和联系的伦理。①我们生活的世界是由物质构成的，充满了令人惊叹的故事性。无论物质是肉眼可见的还是不可见的、人工状态的还是野生状态的，形形色色的物质都是与力量、能动性和其他物质相结合而出现的形式，它们以无穷无尽的方式纠缠在一起。世界充满了复杂的、混合的能动性和力量。以人的身体为例，物质环境和环境风险、环境疾病对人体的明显作用表现出的事实是，工业主义、消费主义连同技术主义等诸多人类实践都改变着环境，也改变着环境中的物质，当然也包括人的身体在内。

现代文化中的人类被固定在物质环境的网络中，西方父权制为了对自然进行统治和掌控，常常依赖于他者的比喻，将自然和文化进行二分，视自然为对立的领域，而生态批评学者正在努力推翻这种二分和对立，试图用可持续能力、绿色发展倾向、环境公正等手段来调和政治、经济以及社会话语与物质环境的冲突，通过文本创作和文本分析来推进新的思维方式，从而批判一系列有违共同体构建的行为，例如消费主义和技术至上的偏颇、疾病和战争对人身体的伤害、被掠夺栖息地的非人类动物陷入困境、地球环境被肆意污染而造成的灾难性物质后果，等等。物质生态批评认真思考人与非人参与环境和社会话语的能力，在话语空间内，无论是文学、文化

---

① 参见 Jeffrey Jerome Cohen, "Foreword: Storied Matter", in *Material Ecocriticism*, Serenella Iovino & Serpil Oppermann (eds), pp. ix-x.

还是环境政治，实质上都是对物质世界的多方面多角度的折射。人类不能作为"自我"而将这个世界看作是"自我"之外的他者，人类与这个世界是生态一体、生命一体的"我们"。物质生态批评这种对人与世界关系的理解表达出包容物种差异的共同体立场。

物质生态批评承认这样一个事实，即人体和物质环境不是互相独立的，而是互相依存于更广泛且深度关联的网络中。物质生态批评批驳了长期以来认为人类处于中心的看法，把生态系统中的有生命和无生命的生物视为一个整体中的互动成分，将人类理解为与动物等生物处于同一层次的环境的一部分，瓦解人类与自然或人类与动物的传统二元体系。这种定位更加接近生态平等主义。物质生态批评植根于对物质转向的跨学科探索及对物质性的考虑，关注不同主体之间的相互关系、相互作用和塑造过程，这些也与20世纪自然科学的各种发展以及激进的气候和环境变化有关。物质、物质对象和物质世界不再被视为被动的、纯粹无生命的客体，而是能以各种方式显现自身。正如凯伦·巴拉德（Karen Barad）所言，"物质不是指一种固定的物质；相反，物质是其内在活动中的物质——不是一个事物，而是一种行为，一种能动性的凝结"[1]。所以，物质生态批评是以考虑物质"内在"的方式重新审视人类与非人类的相互渗透与交融，发展出一种更具新意的生命共同体观念。

二、物质的叙事能动性

在基于人类中心主义的传统观念中，无处不在的非生命物质并

---

[1] Karen Barad, *Meeting the Universe Halfway: Quantum Physics and the Entanglement of Matter and Meaning*, London: Duke University Press, 2007, pp. 336-337.

不是作用于周围环境的能动者，物质生态批评强调了人类和物质世界之间的相互关系，因而挑战了普遍认为的能动性为人类所固有的观念，也揭示了物质是可以叙事的、具有意义和话语的结构。物质生态批评强调人类与非人类世界的物质联系，同时认为承认物质能动性需要更广阔的认识论，使人能够形成生态的伦理和政治立场，以应对新世纪中的许多环境现实。在这些现实中，"人"和"环境"绝不能被视为分离的两端，环境健康、污染程度、环境公正、污染分布等都和人体健康息息相关。

物质本身的故事性是由叙事能力导致的，物质及其动态、扩散的网络产生了奇异的故事，"物质的'叙事'能力创造了意义和物质的构造，这些构造与人类生活一起进入了一个共同融合的互动领域。物质本身变成了一个文本，其中'扩散'的能动性和非线性因果关系的动态被记录和生成"[①]。传统意义上的生态批评集中于在宏观视野中进行阐发，而物质生态批评阶段则发展到对元素、细菌、昆虫、花朵、矿物、金属、原子、分子等物质的考察，这些以往或许只能作为沉默背景的对象在物质生态批评的微观视野中也有了自身生动的叙事能力，并进一步通过其能动性"讲述"我们这个世界鲜活的故事。总结来说，物质生态批评具有以下概念论证逻辑：

  世界上的物质现象是一个庞大的能动性网络中的节点，可以被"阅读"并解释为形成叙事、故事。物质的故事在身体形

---

① Jeffrey Jerome Cohen, "Foreword: Storied Matter", in *Material Ecocriticism*, Serenella Iovino & Serpil Oppermann (eds), p. x.

态和话语构造中发展,在自然和符号的共同进化景观中兴起,无处不在:在我们呼吸的空气中,在我们摄入的食物中,在这个世界上的事物和存在中,在人类领域内外。换言之,所有物质都是一种"有故事的物质"。它是一种由意义、属性和过程组成的物质"网络",在其中,人类和非人类参与者在网络中相互交织,产生不可否认的象征力量。①

塞瑞内拉·艾维诺和瑟皮尔·奥普曼在《物质生态批评的理论化:一幅双联画》("Theorizing Material Ecocriticism: A Diptych")中指出,物质生态批评可以在它所传达的"文本"和它所处的世界之间架起一座意义的双重桥梁。两位学者反思了诸如海洋塑料、垃圾、亚原子粒子、有毒物体、符号出现与话语实践的交织状况,认为从新物质主义理论和生态后现代主义这两个双联画般的角度,可以探索物质生态批评如何将物质现实融入话语动态。这种"双联画理论"将物质生态批评中物质现实与意义及叙事相交织的特点清晰地呈现出来。新物质主义理论透过世俗现实,在表征地球上生命共同进化的过程中,在有毒物质和"有毒行为"结合产生"有毒场所"和"有毒物体"的方式中,看到了物质和意义的共舞。在这种视野里,自然、社会、知识、人类、非人类,都表现出具身性,物质被视为分布着能动性的领域。人类与无数非人物质的能动性共同构成了事件和因果链的结构。在这个具身的能动现实中,每一个事物的存在

---

① Serenella Iovino & Serpil Oppermann, "Introduction: Stories Come to Matter", in *Material Ecocriticism*, Serenella Iovino & Serpil Oppermann (eds), pp. 1-2.

和发生、每一次出现,都被视为物质和符号话语动态的具体化,因此具有承载意义的可能性和历史(即叙事)维度。①

在动态物质现实中,任何单一的物质能量都有表达自己的不同方式。"在处理这些能动性事件的叙事维度时,物质生态批评将物质视为一个文本,一个叙事场所,一种有故事的物质,一个刻有故事的物质重写本。"② 形形色色的物质是与人类并存于生态系统中,并在人类内部运行的,是充满活力的,具有不同程度的能动性。物质生态批评描绘出了一幅生物相互作用、元素交叉、反映权力和社会关系以及文化表现的图谱。意义是一种复杂的体现形式。物质和话语在重重叠叠的事物中相互塑造和干扰。皮帕·马兰指出:"物质揭示其能动性的方式之一是通过其符号的生产和体现,这些符号为非人类世界赋予了自己的符号和意义系统。"③

在历史形成、语言演化、科学知识和社会认同中,物质和符号体现了意义的产生,物质生态批评没有把自然和文化当作并列的术语处理,而是将其作为一个循环的系统,自然和文化是相互连接的,所以学者们应该"谈论'自然文化',并最终质疑我们的认知实践所建立的本体论边界"④。物质和意义紧密地联系在一起,以至于在物

---

① 参见 Serenella Iovino & Serpil Oppermann, "Theorizing Material Ecocriticism: A Diptych", *Interdisciplinary Studies in Literature and Environment*, Vol. 19. 3 (Summer 2012), pp. 448, 450, 451.
② Serenella Iovino & Serpil Oppermann, "Theorizing Material Ecocriticism: A Diptych", *Interdisciplinary Studies in Literature and Environment*, Vol. 19. 3 (Summer 2012), p. 451.
③ Pippa Marland, "Ecocriticism", *Literature Compass*, Vol. 10. 11 (November 2013), p. 857.
④ Serenella Iovino & Serpil Oppermann, "Theorizing Material Ecocriticism: A Diptych", *Interdisciplinary Studies in Literature and Environment*, Vol. 19. 3 (Summer 2012), p. 454.

质符号能动性的图谱中，纯粹的人类能动性与事物的能动性很难被清晰地区分开来，如布鲁诺·拉图尔（Bruno Latour）所说，"数百万年来，人类已经将他们的社会关系扩展到其他行动者，与它们交换了许多所有物，并与它们组成了集体。"[①] 面对人类和非人类在本质上的纠缠，以及无可否认的人类与非人类的物质交换，艾维诺不禁发出疑问："从实验室到汽车，从我们的衣服到我们的食物，以及生产所有这些东西的自然—工业—技术链：完全独立于非人类的人类能动性从哪里开始呢？"[②] 所以人类中心主义思想在这样人类与非人类的纠缠之间，理所当然地消散了中心。多元能动性引发了从科学到社会和语言结构、从政治到环境动态的思想改观，人类与非人类直至物质环境，的确就是共同构建这个世界的共同体成员而已，都在以共同行动影响着人类社会和生态系统。

物质生态批评对人类、非人类和自然的内在研究拓宽了叙事能动性的范围并增强了现实的叙事潜力。物质生态批评认为，在事物表面的人类能动性背后，可能充满了一系列文化叙事、工业进程、经济现象以及政治话语交织的力量。林林总总的物质能动性体现在人们日常生活的每一处角落，如身体、风景、细菌、动物贸易、半机械人、核电站、废物堆、塑料微粒中，反过来又影响着人类生活的方方面面，作用于科学技术、社会发展和人类进步，故而人类的能动性很大程度上依赖于非人类，并与非人类交织在一起。

[①] Bruno Latour, *Pandora's Hope: Essays on the Reality of Science Studies*, Cambridge: Harvard University Press, 1999, p. 198.

[②] Serenella Iovino & Serpil Oppermann, "Theorizing Material Ecocriticism: A Diptych", *Interdisciplinary Studies in Literature and Environment*, Vol. 19. 3 (Summer 2012), p. 455.

艾维诺和奥普曼基于新物质主义分析生态批评的物质转向时指出:"如果新物质主义对存在、认识和行为的概念化在后人类政治生态中达到高潮,那么就会产生两个后果:第一个后果是,基于人类能动性优于非人类'物的世界'的本体论愿景变得有问题。第二,我们必须重新划定'自我'的界限。事实上,'物质自我'无法与同时含有经济、政治、文化、科学和物质的网络分离。"① 新物质主义强调相互作用、共同构成以及普遍存在的物质能动性,这些能动性跨越并重新构造了表面上分离的事物和存在。物质能动性作为一个具有新兴意义的术语,强调连接身体和环境的物质和力量的流动。物质生态批评通过人类和非人类的物质关系找到了人与自然和谐共生的道路,自然书写、荒野想象、地方叙事都是物质的话语呈现。

物质生态批评认为物质和意义是相互关联的力量,物质的能动性产生意义和故事,在这些意义和故事中,微观与宏观事物凭借物质能动性与人类社会实践相互交织。一切非人的能动性都可作为世界意义的化身。所以,人类的知识体系、环境实践和物质世界本身之间不存在界限,物质实体产生的一系列事物都映射了人类的话语和物质现实。世界充满了无数能动性力量错综复杂作用产生的多样性和异质性,在某种意义上,生物和文本、生态和社会文化都参与了动态网络的组建,非人类与人类在其中紧密相连。"物质生态批评关注有故事的世界的表达能动性,将'叙事能动性'归因于有创造

---

① Serenella Iovino & Serpil Oppermann, "Theorizing Material Ecocriticism: A Diptych", *Interdisciplinary Studies in Literature and Environment*, Vol. 19.3 (Summer 2012), p. 457.

力的物质性。"① 所以，当前时代的生态危机迫切需要人们认识到社会的物质性和自然的能动性之于未来生态图景的重要意义。物质生态批评强调了物质能动性所蕴含的积极创造力，这种创造力产生了艾维诺所称的"有故事的物质"，即那些可以被解读为"故事"或"叙事"的意义和话语结构，不仅能表达物质意义，而且包含了"叙事轨迹、效力以及展开的故事，用于探索人类与非人类力量之间的互补关系"。② 物质与话语、叙事与现实的连接凸显了物质内在的能动性，生成一个充满故事的世界。

三、跨身体性

史蒂西·阿莱默在《物质女性主义》（*Material Feminisms*）一书收录的纲领性文章《跨身体女性主义与自然的伦理空间》（"Transcorporeal Feminisms and the Ethical Space of Nature"）中，提出了"跨身体性"的重要概念，这对于建立物质生态批评的新趋势具有非常重要的意义。阿莱默把人类身体想象为"跨身体"，突出物质的能动性。这质疑了把身体与环境分开的旧有观点，深化了学界对人类与"不仅是人类的世界"之间物质交换的理解。跨身体性是一种人类身体与自然身体的互动关系。它开辟出移动的空间，承认人、非人生物、生态系统、化学制剂和其他行为者之间的相互作用，强调人和

---

① Serpil Oppermann, "From Ecological Postmodernism to Material Ecocriticism: Creative Materiality and Narrative Agency", in *Material Ecocriticism*, Serenella Iovino & Serpil Oppermann (eds.), p. 28.
② Serpil Oppermann, "From Ecological Postmodernism to Material Ecocriticism: Creative Materiality and Narrative Agency", in *Material Ecocriticism*, Serenella Iovino & Serpil Oppermann (eds.), p. 29.

环境的密不可分。"我们栖居于跨身体性中，在此时空里，以其全部物质肉体呈现的人类的身体性与'自然'和'环境'密不可分。"①针对人类身体和非人类环境的不可分离，跨身体性揭示了一种复杂认识论，它一方面是由人类和"不仅是人类的世界"之间的相互联系和彼此交换组成，另一方面也是由"环境系统、有毒物质和生物体"的"经常不可预测且总是相互联系的行为"组成。②

环境并非无行动能力的空旷的空间或者仅作为被人类利用的资源而存在着，相反，它是充满自身需求、主张和行动的能动者。③ 环境中的各种物质入侵、渗透并构成了身体，因而有毒环境产生有毒身体即为物质能动性的表达。甚至，身体、情绪和心灵都从根本上相互联系。通过物质在身体内部、身体之间和身体外部的迁移，环境的印记深深地铭刻在身体之中，再以症候的方式最终呈现。阿莱默借鉴了后人文主义的物质女性主义和新物质主义模式，认为人类身体，尤其是有毒的身体是环境的一部分，并探索文学中如何呈现这种人类身体与物质世界间的相互联系与作用。阿莱默将人类的身体想象为"跨身体"，这就意味着，人类总是与"不仅是人类的世界"交织在一起，人的身体与环境是不可分离、密切相关的。跨身体性的思路据此反对早期人文主义认为人类脱离自然且凌驾于自然之上的观念。人类身体并不存在于周围环境之外，且绝无可能脱离这个物质环境，人类本身的物质性在生态系统中受到环境影响，同

---

① Stacy Alaimo, "Trans-corporeal Feminisms and the Ethical Space of Nature", in *Material Feminisms*, Stacy Alaimo & Susan Hekman (eds.), p. 238.
② Stacy Alaimo, *Bodily Natures: Science, Environment, and the Material Self*, Bloomington and Indianapolis: Indiana University Press, 2010, p. 3.
③ 参见 Stacy Alaimo, *Bodily Natures: Science, Environment, and the Material Self*, p. 2.

时人类行为也作用于环境。

这种跨身体性显现在一些生态闭环中，例如人类堆砌垃圾山导致污染毒素产生，这些有害物质进而渗入地下水，随后流转被人的身体摄入；或者人类活动产生的塑料微粒和重金属粒子汇入海洋，被海洋生物吸收，富集有害微粒的海产品成为人类的食物，最终各种有害健康的微粒归于人类身体。身体可以被视为一个集聚了多种物质的景观，其中渗透着的污染物的程度表现了自然与文化、社会与政治的互动。所以跨身体性本身就反映出一个包含在物质环境里的复杂物质网络。阿莱默引入的跨身体性概念建立了对人类及其所处物质环境的新型的物质生态批评解读模式，促使人们重新思考认识论和本体论。

在物质颇为复杂的能动性叙事中，有毒废弃物、病原体、濒危的生物、转基因技术、各种环境元素、生命和社会力量构建出最终影响身体的故事合集。在当今的人类世环境中，人类和非人类在物质和身体上相互交织、相互决定的程度比以往任何时候都更加显著。文化、生态和生物技术的力量使物种之间的物质划分变得不再那么重要，也使人类自我在环绕四周的能动性里越来越变动不居。人类身体在与其他身体的跨身体交换中充满了渗透性，在生态网络中受到种种物质传递过程的影响。

生态批评的首要目标就是摆脱生态危机的困境，只有人类认识到自己对自然的潜在有害影响，并改变危害生态的思维和行为时，才能达到人类及其物质环境的整体和谐。阿莱默的跨身体概念所表达、所强调的，正是一切具身生物彼此之间以及与环境和物质世界之间都有着深刻的联系且相互影响。物质生态批评从根本上探究人类在生态系统中的地位和自然的建构、事物的能动性。在这种框架里，物质生态批评的思想集中在人类对自然的义务上，从人类与环境脱节甚至将自己视为自然驾驭者的僵化过时的人类中心主义世界观，到该阶段从物质层面理解人与自然的相互依赖和共同体的重要性，这是一波非常有价值的批判性反思，其开放灵活、富有包容性的价值观意在促使人类持续审视生态系统的脆弱性，并从伦理和政治上考虑自己对生态环境的立场。

阿莱默的《身体自然：科学、自然与物质自我》(Bodily Natures: Science, Environment, and the Material Self)也是物质生态批评浪潮中的一部力作，它"通过关注人类身体物质性和'不仅是人类的世界'的更可靠的复杂概念之可能性，来应对跨学术理论、流行文化、当代话语和日常实践的去物质化网络问题。具体而言，《身体自然》探讨了人类身体与非人类自然之间的相互联系、交换和流转。通过关注人类和非人类世界之间的物质联系，也许有可能唤起一种潜伏在物质惯用定义中的伦理"[1]。"身体自然"出现在各种各样的领域，"科学研究、环境健康、环境公正、流行疾病、残疾研究、身体女性主义、电影、摄影、材料回忆录、科幻小说和进化论"，这些领域里所表现的"身体自然"，"在理论上具有挑衅性，在政治上具有强大的影响力，因为它们重塑了我们对自我和世界作为独立实体的最基本理解"[2]。

物质的跨身体性揭示了各种身体自然之间的相互交流和联系。

---

[1] Stacy Alaimo, *Bodily Natures: Science, Environment, and the Material Self*, p. 2.
[2] Stacy Alaimo, *Bodily Natures: Science, Environment, and the Material Self*, p. 4.

这种对"跨越"的强调，表示物质作为能动者具有跨不同地点的能力，人类身体、非人生物、生态系统、有毒废料、化学试剂和其他能动者汇聚于跨身体的移动空间，其中许多无法预测和不利的行为会表现于人类身体，彰显人类物质性与"不仅是人类的世界"的物质联系。对物质能动性的认识影响到现实的伦理和政治立场，在这些现实中，人与环境的密不可分和物质流转使环境公正和环境健康备受关注，人类作为生命共同体的一部分，与更广阔的世界之间存有实质性联系。人类的基因、遗传、进化无不烙印着环境的能动性。

跨身体性作为一个理论场所，是物质理论、环境理论、人文研究和生态知识以富有成效的方式相遇和融合的地方，分布在我们日常生活的众多方面，"跨身体性出现在社会理论、科学、科学研究、文学、电影、活动家网站、绿色消费主义、流行病学和流行文化中，反驳和批判了顽固的，尽管是后现代的，寻求超越或阻挡物质世界的人文主义。因此，《身体自然》探讨了环境伦理学、社会理论、对科学的普遍理解，以及人类自我概念如何因认识到'环境'并不位于某个外在的地方而始终是我们自身的实质而发生的深刻变化"[①]。对于某一种化学物质来说，它的转移过程可能会毒害生产它的工人、生产它的社区以及最终消费它的动植物网络，这揭示了各种运动之间的相互联系，尽管作为身体和环境之间过渡的跨身体性是局部的，但追踪有毒物质从生产到消费的过程往往会揭示出环境非公正、生态监管松懈和环境退化的全球网络。毒素的流动体现了人类的健康福祉不可能与生态系统的健康福祉相脱节，跨身体的伦理空间从来

[①] Stacy Alaimo, *Bodily Natures: Science, Environment, and the Material Self*, pp. 3-4.

不是其他地方，而是此时此地。

当前人们需要更多的生态知识来应对周围许多无形的风险，有毒的身体推进人们相信环保主义、人类健康和社会公正的不可分割。阿莱默大胆地推测，"物质伦理可能会从这个跨身体空间中出现——这种伦理既不以个体人类为中心，也不以对原始自然的想象为中心，而是以它们之间的流动和交流为中心……在一个由生态系统、气候变化、微生物、植物、动物、（异源）物质和物质能动性组成的共享世界中，一种明显而深刻的沉浸感将继续激发新形式的环境伦理和行动主义，这些伦理和行动将对'不仅是人类的世界'负责"[1]。在物质生态批评范畴中，人类自身与物质环境不断交流，有毒的身体可能会引发物质的、跨身体的伦理，故而生态批评需要从有限个体的无形价值观和理想转向对情境式的、进化性的生态实践的关注，这样的关注对多民族、多物种和生态整体的和谐关系都具有深远的意义。

在人类身体与自然之间的跨身体性关系中，物质能量贯穿其间，循环往复，进行着连结、转换与纠缠。跨身体性展现出"复杂、多样的物质、语言、权力不同话语形式的合演"，所以毒性身体成为担负着"历史、社会、地区风险不均衡分配载体的后人类空间表演"。[2] 对跨身体性的分析涉及人类身体和非人自然的互动，因而连接的不仅是物质和话语，同样还有自然和文化、生物和文本相互交织的复

---

[1] Stacy Alaimo, "MCS Matters: Material Agency in the Science and Practices of Environmental Illness", *Topia: Canadian Journal of Cultural Studies*, 2009 (21), pp. 24-25.
[2] 方红：《西方文论关键词：物质女权主义》，《外国文学》2017年第6期。

杂领域。文本对于跨身体性的表达揭示出毒性物质指向的风险社会。身体作为一个非封闭性的实体，很容易受到环境中物质流动的影响，并间接显示社会和经济的力量。环境、毒性物质和身体之间，总是存有彼此联系的行为，这是一种身体与广阔世界相互沟通的实质性关联。跨身体性呈现出物质在身体与环境中的流转，以及人与非人共同具有的作为物质话语实践的能动性。

布鲁诺·拉图尔在其行动者网络理论（Actor-Network Theory）中对能动性也有独到见解。拉图尔认为："在完全因果关系和纯粹的不存在之间可能存在许多形而上学的阴影"，事物"除了'确定'并充当'人类行为的背景'之外，可能会授权、许可、支持、鼓励、准许、建议、影响、阻止、提供可能、禁止等等"。[①] 该理论试图纠正出现于现代的，人作为主体与非人作为客体之人为壁垒，认为人和非人行动者一起构成社会。拉图尔通过赋予事物以能动性的方式来阐释物质性和非人物质，从而模糊了人与事物的严格区别，将它们都包含在社会叙述中。任何一种社会行为都并非由某一方单独完成，而是所有行动者合力作用的产物。行动者的构成不仅包括"形形色色的人"，还包括"林林总总的物"，所以"但凡制造了差异和变化的实体都在行动，都是拉图尔借鉴于叙事学术语的'行动者'"。[②] 正是通过有效地开放因果关系和能动性的概念，拉图尔为事物"做事"提供了空间，说明非人事物也可以构建社会现实。

[①] Bruno Latour, *Reassembling the Social: An Introduction to Actor-Network-Theory*, New York: Oxford University Press, 2005, p72.

[②] 朱雪峰：《重组芝加哥：拉图尔行动者网络理论视阈下的〈克莱伯恩公园〉》，《外语教学》2017 年第 2 期。

既然事物本身能够作为行动者存在，且具备能动性来构成社会，那么从毒性物质与身体和环境的互动网络中，生态批评可以想象出一个认识论空间，坚持环保主义、环境公正和人类健康的密不可分，并引发对于物质和跨身体伦理的思考，进而从"有界个体的无实体价值观和理想转向关注多样的民族、物种和生态，那些深远且常无法预见后果的情景化发展实践"①。为了阐释身体与环境的互动关系，下文以跨身体性视角来分析小说《布娃娃瘟疫》（The Rag Doll Plagues），以此表明毒性物质可能引发的风险与威胁如何形成文本中的生态倾向。

《布娃娃瘟疫》是墨西哥裔美国作家亚历杭德罗·莫拉莱斯（Alejandro Morales）的代表作，这部魔幻现实主义小说叙述的时间跨度长达三个世纪。作者从三位医生的视角出发，以第一人称述说瘟疫在不同时间发生的情形。小说中对资本主义的批判与毒性物质、环境污染和病毒流行等相关生态问题交织在一起。"布娃娃瘟疫"之所以得名，是由于病毒感染者四肢过度肿胀甚至溃烂，肌肉骨骼化为脓液，死者身躯并不会像正常离世的尸体那般僵硬，反而像酒囊、布娃娃一样质地柔软。这种自发性瘟疫的出现和转移完全无法预测，在任何地方都有可能悄然而至。瘟疫"由人类收集的废物产生，穿越空中、陆地和海洋，渗透到人口稠密的地区，有时甚至杀死数千人"，此外，有毒废物造成的癌症席卷而来，遍及各处，"具有各种尺寸、颜色和气味，有些是看不见的，我们从污染中创造的能量团

---

① Stacy Alaimo, *Bodily Natures: Science, Environment, and the Material Self*, p22.

块，摧毁或消灭了它们所经之路上的一切"。① 毒性物质以引发个体绝症和生态退化的方式，严重威胁到万物的生存。作者将生态逻辑投射到虚构的世界中去描绘污染的真实性。布娃娃瘟疫的爆发显示出身体、毒性物质和环境共同构成的网络体系。

小说中的巨大毒物团块可以追溯到人类制造的生活垃圾，而人类罹患的恐怖瘟疫又直接来源于这批毒性物质。从跨身体性的视角出发，瘟疫是从身体与环境的互动开始的，身体、毒性物质和环境都不是被动的构建之物，而是具有各自的角色和能动性。身体的内外环境既非一直处于稳定和谐的状况，亦非封闭自足的体系，所有物质都在变动不居的演变过程中。毒性物质具有跨身体的能动性，它在身体与环境中的流动与转移作为能量交换形式，不仅可以用来解释中毒的身体，还可以显示身体与其他物质甚至超级物体之间的跨身体关系。毒性身体使不可见的毒性物质变得可见，使潜在的风险成为浮现的威胁。《布娃娃瘟疫》中的身体在毒性物质的作用下演变为表现意义的场所、叙述故事的铭文。"患病体将充当人类破坏生态和滥用自然的语言符号。瘟疫将在身体上刻画出叙事，这种叙事将诉说自然因污染、毒害和无视生态政策而出现问题的故事。"②

毒性身体是叙事情节和意义的主要能动者，它揭示出令人震惊的忽视和虐待环境之行径，表达了让所有人都看得见、听得到的环境焦虑。行动者网络理论促使我们反思人类中心主义立场，重新审

---

① Alejandro Morales, *The Rag Doll Plagues*, Houston: Arte Publico Press, 1992, pp. 138-139.
② Maria Herrera-Sobek, "Epidemics, Epistemophilia, and Racism: Ecological Literary Criticism and *The Rag Doll Plagues*", *Bilingual Review*, 1995 (3), p. 107.

视人与非人的关系。"行动者或行动体和环境之间的关系并非两条平行线，毫无相交或重叠之处；原先被视为'理所当然'（matter of fact）其实是关心重点（matter of concern）和照顾重点（matter of care）。"① 从这个意义上来说，毒性物质作为行动者，成为身体和环境的交汇点，本应被人类珍视呵护的生态环境，被想当然地漠视了。"浓浓的烟雾由数千吨金属元素、化学制剂、细菌和污垢组成，如此厚重，以至于使天空变暗，现出桃花心木般的红褐色"，当末日般的场景笼罩在城市上空时，人们惊惧地发现，"一个多世纪以来，墨西哥人一直生活在这种不可逆转的、被污染了的有毒空气中……空气和水都受到了无法消除的污染"，于是，"城市完全没有植被，导致食草动物成为食肉动物，弱者吞噬了强者，身体虚弱的人要么终生被困在室内，要么冒着感染致命疾病的风险外出"。② 此刻人们方才意识到，人类并不居于掌控性的主导地位，物质、非人、环境不是被动的客体，反而同样具有行动者身份，瘟疫之于身体的作用即为鲜活的例证。

所有行动者之间存在着双向互动关系，这里没有人类中心，也完全没有预设立场。在由关系性作为纽带的网络中，人与非人的行动者以互动的形式共同组建网络，并从中构建意义。"瘟疫的流行是一个表象，它说明人们所生存的社会出了毛病。"③ 小说《布娃娃瘟疫》希冀一个生态平衡的环境，并向那些有意或无意忽视全球社会和环境生态的当权者提出强烈控诉，期望在不忽视种族主义和社会

---

① 蔡振兴：《互物性和跨身体性：鲍尔斯〈获利〉的政治生态学》，《中外文学》2017年第3期。
② Alejandro Morales, *The Rag Doll Plagues*, p. 167.
③ 王守仁：《历史与想象的结合——莫拉莱斯的英语小说创作》，《当代外国文学》2006年第2期。

非公正等问题的情况下，扭转人们对现状的冷酷麻木、对未来的惶恐无力，最终认真解决环境责任问题。

第三节　物质生态批评解构二元对立

西方思想中长期存有自然与文化、身体与心灵、客体与主体、情感与理智、生物与技术等二元论，也正是借此思路，非人生命被塑造成低级、依附、受到环境压制和贬抑的对象。工具主义、科技至上、消费主义等一系列现象的盛行加剧了对自然的诋毁和对物质的轻蔑，但是随着环境学科研究的深入和环境意识的兴起，人们越来越意识到，这些二分模式不仅违背人与自然和谐共生的生态思想，而且成为解决全球生态危机的阻碍。近年来，"在许多学科中，既不是生物还原主义的，也不是严格的社会建构主义的物质性新概念正在出现：环境哲学、物质女性主义、残疾研究、跨性别理论、科学研究、动物研究、新媒体研究、种族理论和其他领域"[1]。雨后春笋般涌现的物质转向，不是凭借抬高二元对立的一方而贱斥另一方，而是消除对立，不依赖于另一方，拒绝等级秩序，从而解构了二元对立模式本身。自然包括人类和非人类、有生命的和无生命的行动者，它们都是能动的、有象征意义的力量，是以自己的方式存在的能动者，也是一个折射多元、互动和内部活动的文化的领域。各种非人类实体作为主体而非客体参与生态系统的运行，这需要一种尊重差异并允许相互转变的伦理观和更广阔的认识论，物质生态批评

---

[1] Stacy Alaimo, *Bodily Natures: Science, Environment, and the Material Self*, p. 7.

由此开展了一种非二元论的认识实践。

唐娜·哈拉维对现代文化话语进行了文化解构，提出了"赛博格宣言"中物种边界流动性的思想，构建反对二元论、反对同一性的理论。她的赛博格（Cyborg，意为"半机械人"）形象呈现出无机物与有机体、生物与科技的结合，从而掺混了自然与文化二元论。赛博格在大多数文学理论和文化研究中都被誉为经典的模糊了人类与技术之间界限的形象，被视为一种社会和技术相结合的结构，也具有无可否认的物质性。它既是生物又是技术，既有肉体也有线路，是人类、动物和机械的共生体，生活在自然和人工制造的模糊世界中。2003 年，哈拉维又出版了《伴侣物种宣言：狗、人和重要的他者性》(*The Companion Species Manifesto: Dogs, People, and Significant Otherness*)，揭示人类如何超越宠物或工具价值对待非人生物，如何与其他物种，包括赛博格、细菌等，相互构成，共同进化，在共同生活的世界中处理多物种共生的关系。她主张承认其他物种的复杂性、异质性和共生性，认为人与非人生物、生物与技术产物在未来互动并共生。这种前沿理论为物质生态批评的跨物种伦理提供了先导，挑战了人类中心主义观念，为解构自然与文化、人类与非人、身体与心灵的二元对立提供了有力的支持。

探索解构二元论的生态批评学者提出的理论正在重新定义对自然、人类和非人类之间关系的理解。在这些理论中，自然不仅仅是一种被动的社会建构，而是一种与包括人类在内的其他元素相互作用并使其改变的能动力量。在这样的观念中，大自然可以用变幻莫测的方式反击人类及其构建的社会。物质生态批评能够解释话语和物质如何在身体的构成中相互作用并显示出人类与非人类的关系，以及人类世中的后人文问题。物质具有的能动性，尤其是身体和自然的能动性，使得研究者有可能用共同体的意识去探索话语、技术、文化、历史、生物学和物质环境的相互作用，从而解决人类中心主义和生态中心主义伦理之间的冲突。

希瑟·I. 沙利文（Heather I. Sullivan）用物质生态批评的视角解读了五部文学作品，试图解构脏污与洁净的二元对立。在沙利文看来，污垢、泥土和灰尘等代表地质结构的物质以各种规模环绕在我们周围，堆积在田野和森林里，飘浮在天空中。人类周边既有精致美妙的景观和处所，也有肮脏有毒的场地。我们深陷于各种形式的脏污之中，污垢和灰尘甚至有剧毒或放射性。如果"绿色思维"忽视脏污成分，就有可能导致将物质环境划分为"洁净的自然"和"肮脏的人类领域"的二分法。事实上，肮脏的自然总是伴随着人类，是各种物质因素之间持续相互作用的一部分。沙利文提出"脏污理论"（Dirt Theory）是为了矫正将自然描绘成一个遥远而"干净"的地方的怀旧观点，这正是为了表明人与自然之间没有最终的界限。[①] 因此，生态批评的环境话语必须考虑身体和物质的实际问题，脏污既是象征，也是实情，脏污理论要结合文化性和科学性来理解。

人类的身体和思想与物质环境相互塑造。沙利文总结了几位重要的物质生态批评学者对物质性的特色陈述：

---

① 参见 Heather I. Sullivan, "Dirt Theory and Material Ecocriticism", *Interdisciplinary Studies in Literature and Environment*, Vol. 19.3（Summer 2012），p. 515.

对于史蒂西·阿莱默来说，在物质上嵌入并向我们的物质环境敞开是一个"跨身体性"的问题，即身体之间可能存在营养或污染的物质交换。对于《生态思想》(The Ecological Thought) 中的蒂莫西·莫顿 (Timothy Morton) 来说，它是"彻底的敞开"中相互联系的事物的"网络"。简·本内特 (Jane Bennett) 同样谈到了我们都是其中一部分的"物质的活力"；林恩·马古利斯 (Lynn Margulis) 指出，生物实际上是细菌细胞的集合或细菌行动者的后代，其多种形式的身体交换和转移甚至胜过最有创造力的人类行动者。[①]

运用物质生态批评的思想来解构少有人关注的脏污问题，沙利文的脏污理论反映了生态网络中充满活力的跨身体交换的阴暗面。大多数话语和物质实践、文化产物及文学作品中多对灰尘、泥土、垃圾等脏污物质表露出轻视低估的态度，却忽视了这些具有能动性的物质在生态系统中的相互联系。物质生态批评的新范式可能会解构脏污与洁净的二元对立并激发负责任的生态关怀，促使人们采取实际的环境行动。

除了新物质主义以外，物质生态批评，乃至生态批评，都在很大程度上受到生态后现代主义思想的影响，以至生态批评坚定地认为社会、环境问题与话语问题是不可能彼此分离的。大卫·雷·格里芬 (David Ray Griffin)、夏琳·斯普雷特纳克 (Charlene Spretnak)、贝尔

---

① Heather I. Sullivan, "Dirt Theory and Material Ecocriticism", *Interdisciplinary Studies in Literature and Environment*, Vol. 19. 3 (Summer 2012), p. 528.

德·卡里科特（Baird Callicott）等生态后现代主义思想家试图将物质重新想象为一种充满活力和生机的能动力量。这种能动力量不仅"强烈质疑关系层次中自然、物质、现实、语言和话语的旧概念，它还为对自然—文化世界进行更具伦理和生态责任的解释提供了一个框架"，试图"重塑以目前形式塑造我们的文明并在很大程度上造成生态危机的编码"。[1] 生态后现代主义与生态批评一样，注重人类与"不仅是人类的世界"之间的内在关系。因此，"生态后现代主义远非仅仅是一个与物质世界脱节的语言建构的领域，而是明确地关注存在（本体论）、认知（认识论）和价值（伦理学）"[2]，这些对各个存在领域都必不可少。

鉴于人类、非人类和物质环境在生态系统中相互联系、相互作用的情况，单凭人类赋予物质意义的观念不再成立。物质生态批评与后人文主义话语的新举措相一致，不仅因为物质转向带来一系列话语，而且因为话语背后含有一系列知识实践以及思想运用的方法论体系。物质生态批评为具身知识实践提供了原始动力。继人类历史上对自然的"赋魅"和"祛魅"之后，人类在某种程度上应对自然进行"复魅"以敬畏自然、尊重生态，并在此基础上考察物质和意义、身体和文本、感知和经验如何与文化生产和社会体系产生相互作用。在这个世界里，人类和非人类可以存在于一个保留个体差异且发生互动的共同体中，这对于理解物质生态批评的愿景具有重要意义。

---

[1] Serenella Iovino & Serpil Oppermann, "Theorizing Material Ecocriticism: A Diptych", *Interdisciplinary Studies in Literature and Environment*, Vol. 19.3 (Summer 2012), p.463.

[2] Serenella Iovino & Serpil Oppermann, "Theorizing Material Ecocriticism: A Diptych", *Interdisciplinary Studies in Literature and Environment*, Vol. 19.3 (Summer 2012), p.464.

物质生态批评通过强调物质性的理论地位，为生态批评开辟了新的可能性疆域。它既非对传统生态批评的简单替代，亦非对新物质主义的文学解读，而是形成了独特的"物质转向"批评范式。这种理论的发展预示着生态批评正在走向更彻底的范式革命，其最终目标不仅是解构人类中心主义，更是在应对气候危机、生物多样性丧失等全球性生态挑战时，展现出强大的理论阐释力。自然和文化总是相互积极参与的。物质塑造了话语实践，进而塑造了我们与世界互动的方式，这种对自然的动态物质性和文化话语的彻底重新认识，使我们能够以不同的视角看待所有生物和物质，以至更有可能重建人与非人存在物的叙事共同体和生命共同体。

第六章　构建中国特色的生态批评体系

虽然生态批评于 1978 年正式产生于西方，我国在 20 世纪 90 年代中期前后才开始出现具有自觉生态意识的，可以称得上绿色文学、文化批评及生态美学的相关理论，但我国早在 20 世纪 70 年代起就已经在生态文学创作等方面具有了生态意识的初步萌芽，这为发展我国的生态批评体系打下了良好的基础。通过吸收国内外理论成果精华，又结合我国特有的传统生态智慧和现实语境，在中国持续推进生态文明建设的时代契机中，生态批评研究不但落地生根，而且迅速崛起，形成丰富的学术产出，成为文科研究中的一门"显学"。近年来，在生态文明建设的大潮中，我国生态批评建设形成了会通古今、跨越中西的宏阔理论视野，走上了发展的快车道。以习近平生态文明思想为指引，从关于生态文明建设的一系列重要论述中汲取理论力量，我国的生态批评已经初具规模。在未来的发展中，我国生态批评理论体系的建设应该继续凸显中国特色，不断壮大，持续发挥学术影响力，并作为文学和文化生态转型的重要代表促进生态实践，担当起推进生态文明建设的历史使命，为提升公民的生态素养贡献力量。

第一节 全球化视野与本土化理论

随着世界经济和技术日新月异的发展，人类世背景下的生态危机日益严重。生态批评顺应时代要求，引领人们重新审视与自然的关系，并在世界范围内迅速传播。生命共同体是全球一体的综合体，气候变化、海洋污染和疫情危机等众多问题使得全球范围内所有国家、地区和人民无法独善其身，生态问题从根本上来说是一个全球性的问题，需要全世界携手应对，做出全球化视野下关乎人类未来前途命运的共同努力。但是另一方面，每个国家和地区都有自身独特的地理环境、人文传承、历史文化和社会语境，因而能够切实影响生态实践的理论必然不能化为千篇一律的路径，理所当然地需要发展出符合时代与语境要求的本土样态。

历经几次浪潮的发展，生态批评的理论视野早已突破一时一地的局限，将关注点放置于事关人类存亡的宏大视野上，以局部带动全局，以当下映射未来，努力走出富有前瞻性又传达危机意识和生态关怀的理论路径。在这样的背景下，如何构建具有中国特色的生态批评理论体系是值得高度关注的问题。这不仅关系到生态批评及其相关研究在我国渐进式发展中的阶段性回顾反思，而且关系到我国生态批评在未来如何结合本土特色与理论优势构建自主话语体系，从而与西方生态批评交流互鉴、平等对话并协同发展。

生态批评在中国的发展绝不能是简单地把西方理论移植过来，而应该是与中国文学传统进行对接与交融的本土性生成。生态批评的基本研究方向是：深刻剖析人与自然的关系，深层次挖掘生态困境中人类如何作为，深度探索生态学知识与文学、文化的结合如何促进生态实践，等等。其中种种具体理论既含有普适性成果，又包括特殊性结论，充分表现出将社会性、文化性与历史性集于一身的跨文化、跨地域的世界性传播和发展脉络。中国生态批评自兴起以来，在理论思路、构建机制和学术视野等方面，走出了一条结合中国自身生态状况，且面向世界生态学术的特色道路。

《文心雕龙·时序》中说，"文变染乎世情"，即文学上发生的变化会受到社会状况的极大影响。在20世纪70年代，生态环境不断恶化的现实催生了文学创作者的生态意识，这样的生态意识开始在文学作品中显现出来，相应地，我国的生态文艺学有关研究开始萌芽。到了80年代中后期，明显揭露生态危机并呼吁保护环境的环境文学出现在国内文学界，在当时的状况下，科学主义与人本主义的局限、技术主义同消费主义的风行也促使学者和作家关注人们的精神危机。到了90年代，伴随我国经济的飞速发展、生态危机的日益显现以及生活环境的不断恶化，我国学界产生了自觉的生态类型学术意识，对于生态批评、生态美学和生态文学艺术的研究开始崭露头角，相关学科的研究也逐渐形成。这种生态类型的人文研究的产生缘于每况愈下的生态现实的逼迫，加之生态哲学思想的影响，也是西方生态批评传播的结果。西方生态批评理论对于文学与环境之间关系的清晰发声引起我国学者的学术思考和学术共鸣。

在1994年前后，国内学界出现了最早一批探究生态美学的论文，如李欣复的《论生态美学》和佘正荣的《关于生态美的哲学思考》等，但生态批评理论仍处于酝酿萌芽之中，直到1999年"生态与文学"国际学术会议召开，中国文学、文化领域的生态意识才开始觉醒，生态批评开始了理论构建。此后，由海南省社科联与海南大学精神生态研究所创办的《精神生态通讯》，山东大学文艺美学研究中心主办、苏州大学生态批评研究中心协办的《生态美学与生态批评通讯》，黄河科技学院生态文化研究中心创办的《生态文化研究通讯》等刊物，为国内众多生态批评学者提供了获知学术动态、刊登学术成果、传达学术思想的舞台，成为生态批评学术交流的重要阵地。

生态批评在21世纪之后伴随生态思潮形成盛大的文学现象，成为学术界的显学。起步阶段的中国生态文学理论和文学批评多是对西方相关生态文艺理论和文学批评的翻译、介绍和阐释，很大程度上受到西方生态批评的影响与启发，并以此与世界接轨，应和生态批评的全球发展潮流。大量的生态文学作品和生态批评著述的引进和推广为国内学界开阔了视野，提供了良好的参考和借鉴。但是，在我国不断发展的充满学术自觉意识的文化环境中，由于我国语言和文化等诸多方面的特殊性和源远流长的历史传统，西方理论体系下的概念推理与语义内涵并不全都适合中国语境，因而，构建富有中华文化特质的自主生态批评体系既是理论创新，又是话语创新，能够成为发出自我声音、讲述中国故事的良好载体。

进入21世纪以来,文学与美学的绿色化研究逐渐进入了勃兴时期,生态美学、生态文艺学、生态批评等相关类别的著述大量涌现,国内各个高校和研究机构也频繁举办各类生态人文学术会议。在生态批评领域内,针对文本的评析、针对理论的探索、针对西方生态批评的译介以及针对中国生态文学的研究,等等,各种学术研究类型百花齐放。以下仅列举一些在学术界比较有影响的,或基于中国语境的生态美学、生态文学和生态文艺学理论著作,如徐恒醇的《生态美学》(2000)、鲁枢元的《生态文艺学》(2000)、曾永成的《文艺的绿色之思:文艺生态学引论》(2000)、张皓的《中国文艺生态思想研究》(2002)、皇甫积庆等的《20世纪中国文学生态意识透视》(2002)、袁鼎生的《审美生态学》(2002)、王诺的《欧美生态文学》(2003)、曾繁仁的《生态存在论美学论稿》(2003)、鲁枢元的《生态批评的空间》(2006)等,这些著作以宽广的学术视野对当时的学术热点以及前沿问题进行了积极且卓有成效的探索,为我国生态批评的后续良好发展奠定了基础。

我国生态批评的理论建构与学术实践在2007年之后呈现出了进一步蓬勃发展的态势,重要的著作和论文接连出现,众多学者在此领域积极治学、奋力求索,为中西方生态批评的交流与对话做出了贡献,并植根我国本土学术视野和特色,促进了中国特色生态批评的繁荣发展。生态批评所蕴含的生态与伦理意识为建设社会主义生态文明贡献了积极持久的有益影响。此处仅列举一些代表性著作,如王晓华的《生态批评:主体间性的黎明》(2007)、盖光的《文艺生态审美论》(2007)、汪树东的《生态意识与中国当代文学》

(2008)、王诺的《欧美生态批评——生态学研究概论》(2008)和《生态批评与生态思想》(2013)、程相占的《中国环境美学思想研究》(2009)、王喜绒等的《生态批评视域下的中国现当代文学》(2009)、曾繁仁的《生态美学导论》(2010)、韦清琦的《绿袖子舞起来：对生态批评的阐发研究》(2010)、党圣元和刘瑞弘的《生态批评与生态美学》(2011)、鲁枢元的《陶渊明的幽灵》(2012)、程相占的《生生美学论集——从文艺美学到生态美学》(2012)和程相占等的《生态美学与生态评估及规划》(2013)、胡志红的《西方生态批评史》(2015)等。

近十年来，生态批评研究无论在研究范围还是在理论深度上都呈现出更加体系化的特征。随着国家对生态保护的重视和我国生态文明建设的全面开展，生态批评作为环境人文学科重要的部分，发展势头愈发强劲，在批判吸收西方生态批评研究成果的基础上，充分发扬问题意识、积极回应生态现实。层出不穷的生态批评及相关研究成果，不仅对扭转传统的人类主宰自然的观念大有助益，而且在与生态审美、生态伦理等方面的结合上进行了维度拓展，表现出了承续传统、跨越学科的优势，呈现出明显的本土意识和理论建构倾向。

唐建南的《生态批评的多维度实践》(2017)，从地方、身体、性别、种族、电影评论、教育六种维度对生态批评进行了解读；盖光的《生态批评与中国文学传统：融合与构建》(2018)，分别从生态批评的理论、生态批评与中国文学传统的融合、中国文学传统的生态思想析源等方面，探讨了融合态势下的学理构建；张建国的

《美国当代科学散文的生态批评》（2019）探讨了28部科学散文作品的生态意蕴和艺术特色；马特的《城市生态批评理论研究》（2020）点面结合地分析了城市生态批评的生成语境与研究立场；程相占的《生态美学引论》（2021）系统梳理了生态美学的理论思路与核心命题；李玟兵的《云南少数民族民间文学中的自然观——基于生态批评的视域》（2023）与胡志红的《美国少数族裔生态批评理论研究》（2024）则分别针对中国少数民族和西方少数族裔的生态批评理论展开考察；程相占等的《生态批评理论研究》（2025）是围绕生态批评及其关联学科展开全面深刻研究的学术著作，不仅聚焦生态批评的核心理论问题与新型理论视野，而且探讨了生态批评与其他环境人文学科分支的紧密且有机的联系。这些著作共同推进了生态批评理论体系的构建和深化。

中国生态批评的发展也在很大程度上得益于新时代我国的生态文明建设。近年来，习近平总书记在国内外不同场合，多次针对共同构建人与自然生命共同体的问题发表重要论述，呼吁构建人与自然和谐共生、经济与环境协同共进的地球家园。2018年6月21日，习近平在会见出席"全球首席执行官委员会"特别圆桌峰会外方代表时，提出"人与自然是生命共同体，人类必须尊重自然、顺应自然、保护自然。我们要建设的现代化是人与自然和谐共生的现代化"。2020年9月30日，习近平在联合国生物多样性峰会上的讲话中指出，"中国坚持山水林田湖草生命共同体，协同推进生物多样性治理。加快国家生物多样性保护立法步伐，划定生态保护红线，建立国家公园体系，实施生物多样性保护重大工程，提高社会参与和公众意识"。2021年4月22日，习近平在领导人气候峰会上的讲话中指出，"面对全球环境治理前所未有的困难，国际社会要以前所未有的雄心和行动，勇于担当，勠力同心，共同构建人与自然生命共同体"。2021年9月21日，习近平在第七十六届联合国大会一般性辩论上的讲话中强调，要"坚持人与自然和谐共生。完善全球环境治理，积极应对气候变化，构建人与自然生命共同体"。以上论述充分表达出我国政府的生态情怀和大国担当，体现了我国政府对生态问题的高度重视和推行生命共同体思想的坚定立场。

生命共同体思想在国内的推行是自上而下、指向明确的，同时较之西方生态批评一直以来内含式的生命共同体倾向，是更加立场鲜明、坚定有力的，这样明晰果断的政策导向为生态批评的中国化发展提供了翔实、清楚的思想指引和强大、稳固的实践后盾。这有助于生态批评在国际趋势和本土特色两个方面实现互动交流与互鉴参照，进而推动人与自然和谐共生的现实进程。一方面，依托生命共同体思想发展生态批评，对把握"文学艺术'救世'（拯救生态危机）与'自救'（拯救文学本身）的辩证关系"[①] 大有助益；另一方面，生态批评的长期发展将促使生命共同体思想在文学的生态教化作用中充分发挥影响力，推进生命共同体思想对民众潜移默化的生态意识浸润。

生态批评集本土性和世界性于一身是当前以及今后的学科发展态势，生命共同体思想在生态批评发展进程中的演变尤其呈现出全球一体与地域特色的交织。把生态批评放在全球文化背景和本土具

---

① 程相占等：《生态批评理论研究》，人民出版社2025年版，第11页。

体历史进程中来看,它既可以作为一种批评方式,也可以作为一种阐释策略,甚至更可以作为一种引发生态实践的远景规划。全球化进程的加速和科学技术的日新月异使得在相当多的情境下,生态问题需要多个国家的联手与协同而得以解决,如减少碳排放、遏制气候变暖、清理海洋垃圾等,建设一个绿色生态的世界需要全人类共同承担公正的环境责任。

保护生物多样性是构建人与自然生命共同体的一部分,是携手共建人类美丽和谐地球家园的重要环节。1994年12月,联合国大会设立了"国际生物多样性日"(International Day for Biological Diversity),起初定为每年的12月29日,后来为了纪念《生物多样性公约》(Convention on Biological Diversity)通过,从2001年开始,"国际生物多样性日"被改为每年的5月22日。生物多样性是生态系统完整、美丽和稳定的基础,所以《生物多样性公约》作为世界自然保护方面最重要的公约之一,标志着国际社会达成了保护自然生态的共识。2025年5月22日是第25个国际生物多样性日,以"万物共生,和美永续"为主题,突出生物多样性计划与可持续发展目标的关联,表明两者应相辅相成、协同共进。联合国设立"国际生物多样性日",表示对生物多样性三大层次,即基因多样性、物种多样性和生态系统多样性的重视,以提高国际社会对生物多样性之重要性的认知。保护生物多样性和全球生态系统,与经济发展、贫困消除、水土保持以及污染控制关联密切。生物多样性的意义与价值在于,"一个基因可以影响一个民族的兴衰,一个物种可以左右一个国家的经济命脉,一个优良的生态系统群落可以改善一个地区的环境"[①]。充分

---

① 郭耕:《保护生物多样性就是保护人类自己》,《光明日报》2016年6月10日。

尊重并保护生物多样性是时代之需、全球之需，也是生命之需。

建设生命共同体的全球化进程同样也为生态文学、文化、文明的塑造开辟了崭新可能性，世界各国共同努力施行的生态举措将成为解决环境问题、建立全球生态合作联盟的有力工具。生态批评从生态实践中获取思想启发，又凭借其生态剖析和生态想象为生态实践提供思想指导。在理论与实践相互往来促进的体系中，生态批评对榨取自然、破坏生态的做法保持高度的敏感性，在融合全球生态批评及相关研究的环境想象力和环境话语中，将文学、历史、生态、伦理及社会等多种学科连接起来，表现出寄寓深切生态关怀的强烈的跨学科属性。

经过四十多年的发展之后，生态批评的全球化视野与本土化理论如今涉及两个方面的具体内容：首先，生态批评自创生后先是在英美两国流行，又逐渐扩展至世界其他地域，当前已然遍布众多国家和地区，包括南美洲、澳大利亚等。这场绿色文学批评运动不仅变得声势浩大，而且运用了来自多个学科的理论工具，具有逐渐成熟的理论形态和形式丰富的学术实践。生态批评的全球化趋势使其具有立足全球、放眼世界的宽广的学术视野，即生态批评的全球化视野。其次，每个部落、民族和国家的历史和现状不尽相同，它们都具有自身专属的身份记忆、历史传承、文化传统和现实语境。生态批评需要为生态现状发声以应对生态危机，这必须充分考虑到当地实际情况才能有的放矢，避免陷入夸夸其谈的环境空想，因而生态批评的发展要结合当地的本土情况和本土特色。此外，过去存在于特定地区的本土生态思想与生态智慧，如果和生态批评结合起来，不仅能为全球化的生态批评提供良好的补充与借鉴，而且更易于为当地人民所接受，更易形成指引生态实践的有效传播，此为生态批评的本土化理论。

构建生命共同体，实现人与自然和谐共生的生存状态是融通全球视野和本土理论各自优势的基石。当下的生态批评在发展与传播中表现出具有全球化视野的普遍性特征和具有本土化色彩的差异性语调，这可以被简单概括为"求大同、存小异"。一方面，全球一体的生态现实提醒我们，生态危机不是部分个人、社区、地域或国家能够独立解决的问题，它需要全人类、全世界携手并肩才能应对，所以必须建立共同的、集体式的生态思维模式，才能在环境保护问题上进退一致，这是关于构建生命共同体之"求大同"；另一方面，生态批评的体系允许多元文化、多元路径、多种样貌呈现的本土化理论特色，这些因素集结于生态批评中，为其发展提供了丰富的能量和不竭的活力。结合本土色彩的生态批评才能凭借多元化发展路径更好地服务于当地的理论建设和生态实践，这是关于构建生命共同体之"存小异"。保护地球生物圈的稳定、美丽与完整是生态批评一直以来的立场，致力于消除危及生态和谐、生态平衡的各种因素是生态批评自始至终的任务。

第二节　基于文化语境的守正创新

相对于西方生态批评而言，我国的生态批评研究产生的时间比较晚，但我国古代丰富的生态智慧和生态书写流传了下来，连同现代生态文明建设的时代呼声、少数民族多元化的亲近自然理念与质朴的生态意识、反映地域文化特色的生态观念呈现，以及汲取借鉴并批判参考西方生态批评的多种因素，这些共同为构建具有我国特色的生态批评理论体系提供了底蕴和积淀，使得我国生态批评能在传承与发展、因循与创新中不忘来路与开拓未来。我国生态批评近年来的迅速壮大，一方面是文艺理论自身建设的需要，一方面是改革开放后经济迅速发展伴随生态环境恶化状况的催逼，还有一方面是得益于国家对于生态文明建设的大力倡导。

尽管西方生态批评一贯秉承自利奥波德流传下来的生物共同体伦理原则，众多分析探究均受到大地伦理观的深刻影响，但这种本质上基于"生态整体"、基于"大地伦理"生发的研究，起初并不太重视理论研究，认为对理论的依赖会导致对生态批评实践的轻视。但是随着生态批评的发展，它越来越成为一个宽泛、跨越、纷繁的学科，具体理论的不系统、不稳定甚至缺失，影响到生态批评的后续稳定发展。而且，以往西方生态批评研究虽然自觉围绕生态中心或生态整体主义路径展开，但很少将或隐或显表露出的共同体思想予以突出呈现，着墨与提炼委实不足。此外，西方生态批评向来是文学或者文化领域的学术兴趣和学术思想的汇聚，学者们力求这种文学和文化批评切实在日常实践中形成生态保护影响，但这种自下而上的努力能在多大程度上影响当局决策尚且存疑。

相比之下，中国文化传统自古就有"道法自然""天人合一"等生态智慧，这种传承为当代中国文学和文化的生态转型提供了富有特色的参考和借鉴。面对生态遭受破坏的现实状况，我们需要充分发挥含有生态思想的中国文化传统的优势，在中国文学和文化体系中努力建立现时代生态思想的阵地。我国生态批评不仅具有厚重的历史传承的生态智慧，而且具有当前时代赋予的浓厚的生态文明研究学术氛围，植根于近年来国家、社会、人民努力提倡与构建人与自然和谐关系的精神沃土中，这是中国生态批评得天独厚的发展优势。程相占总结了发展中国生态批评本土特色的具体路径和方法，那就是："我国既有着悠久的文学史传统，又有着丰富的当代文学作品，学者应该加强理论创新意识，增强理论创新勇气和能力，在解读中国文学作品的过程中发现新问题，提炼出新的理论命题和标识性概念，只有这样才能摆脱'西方理论—中国应用'这样的模式，创造出独树一帜的中国生态文学理论话语。"[1]

中国共产党第十七次全国代表大会第一次把"生态文明"写入报告，把"建设生态文明"作为全面建设小康社会奋斗目标的新要求之一。十八大报告则以突出的篇幅讲生态文明，明确提出："把生态文明建设放在突出地位，融入经济建设、政治建设、文化建设、社会建设各方面和全过程，努力建设美丽中国，实现中华民族永续发展。"中国共产党第十九次全国代表大会指出

---

[1] 程相占等：《生态批评理论研究》，第32页。

"人与自然是生命共同体"。生态环境部与中国作家协会也于2023年联合印发了《关于促进新时代生态文学繁荣发展的指导意见》。政策文件对生态文学的重视为生态文学和生态批评的进一步蓬勃发展提供了思想指引和精神支持。结合当前生态危机加剧、生态问题频现的现实背景，生态批评的发展合乎时代需求，顺应生态文明建设潮流，主张增强生态意识、力促生态修复、引领生态审美，进而焕发出蓬勃的学术生长力。它所凸显的生态意识，在自然和人文之间构建起尊重生命、敬畏造化的文学桥梁，并最终导向人类呵护生命共同体的生态实践以及人与自然和谐共生的生态理想。

基于时间与空间维度分析，中国生态批评具有多元化的理论来源与形成途径，我们可以将之归纳为会通古今与中西的四个类别。首先，中国历史悠久的文学传统里包含着丰富的生态思想、生态智慧，文学作品中浸润着生态意识是古已有之的事情，优秀的古代文学作品及民间文化包含的本土生态思想为我国生态文学的生发和繁荣奠定了坚实的基础。古圣先贤在传统文化典籍中表述的生态观念，文人墨客感怀山水、向往田园的诗作文章，都为生态文学提供了源远流长的文化积淀。无论是《易传》中的"天地之大德曰生""生生之谓易"，《庄子·齐物论》中的"天地与我并生，而万物与我为一"，还是《礼记·哀公问》里的"天地不合，万物不生"、《西铭》中的"民，吾同胞；物，吾与也"，都体现出天人合一、万物一体的生态整体观。庄子提出富含生态审美意蕴的"游鱼之乐"，孟子主张"斧斤以时入山林"，张载主张"民胞物与"，如此等等，古代文化中的生态智慧传承至今，铸就了中国生态文学的精神文脉与独特风骨。时至今日，我们仍能体会到《荀子·天论》中所表达的"万物各得其和以生，各得其养以成"所蕴含的天下万物因"和"而生的生态价值观。《荀子·富国》则认为"万物同宇而异体，无宜而有用为人，数也"，阐明了形态各异的万事万物同存于宇宙，它们不是因为人类而存在却对人类作用重大，是人类生存的物质基础，这传达出对自然规律的朴素而睿智的认识。所以中国传统生态思想认为，人类只有以自然为根，呵护自然，索取有度，才能保证自身的生存发展。

在 2002 年出版的《文心三角文艺美学——中国古代文心论的现代转化》中，程相占以"走向生生美学"为"结语"，将"生生美学"这一含有中国古典生态智慧的理念带入美学领域中。"生生美学就是以中国传统生生思想作为哲学本体论、价值定向和文明理念，以'天地大美'作为最高审美理想的美学观念，它是从美学角度对当代生态运动和普世伦理运动的回应。"[①] 其中的"'生生'即'化育生命'"[②]。生生美学的概念内涵与《易传》中的"天地之大德曰生""生生之谓易"直接相关，是传统理论的当代转化，与生命共同体思想高度契合。这一美学理念的提出，表现出中国美学对生命本身一以贯之的关注和珍视。生生美学如今被越来越多的中国学者关注并倡导。

胡志红在分析了西方学者对中华文化经典《道德经》进行生态

[①] 程相占：《生生美学论集——从文艺美学到生态美学》，人民出版社 2012 年版，自序第 5 页。

[②] 程相占：《生生美学论集——从文艺美学到生态美学》，自序第 2 页。

阐释的得与失之后，认为中国生态批评学者"应有足够的文化自信，把握生态重释中国文学、文化经典的话语权，积极主动地推动富有自然取向的中国文学、文化经典的当代生态转型……必须透过生态整体的视角，既要考量《道德经》关于人与自然之间关系的形而上探求，也要关注其形而下的社会公正议题，更要深刻领会其关于二者之间关系的深刻论述，不可偏废，只有这样，方有可能构建既具崇高生态理想也具坚实现实基础的可行性、可持续道家生态伦理"[1]。

1992年，文学与环境研究学会在美国成立，如今它已发展成为一个国际性的生态批评学术组织，其创始会长、著名生态批评家斯洛维克也在持续关注中国生态批评研究的进展，他认为，"中国生态批评不是孤立存在的，而是与世界其他地区的生态批评（更广泛地说，与环境历史和哲学等其他环境人文学科的思想）日益对话的背景下存在的"[2]，因此中国生态批评新的发展趋向是走向全球的环境对话。许多中国生态批评学者的研究呈现出将中国当前生态思想与中国传统文化联系起来的努力，比如在对陶渊明的研究中，有学者认为其中包含的中国古典自然主义体现了道家和儒家重要思想的典范。此外，"无为""虚静"和"不争"等生态思想在西方和当代中国环境思想中都有对应的体现，相关研究也在当代阐释中产生了反响。在当前生态危机的背景下，"由于文化对自然世界的长期敏感性，中国的思想根基为当代生态批评思想的萌芽提供了沃土"，"通

---

[1] 胡志红：《〈道德经〉的西方生态旅行：得与失——比较文学视野》，《外语与外语教学》2017年第2期。
[2] Scott Slovic, "New Developments in Chinese Ecocriticism: Toward a Global Environmental Dialogue",《外国文学研究》2020年第1期。

过中国古典生态哲学的视角探究剖析文学作品似乎是当代中国生态批评中最有力、最具原创性的趋势之一"。①

其次,近年来,得益于全国生态文明建设氛围,我国的文化语境对人与自然的和谐关系愈发重视,"可持续发展"和"建设环境友好型社会"已经成为全国人民的共识,这为当代生态批评的蓬勃发展提供了有力的支持和澎湃的动力。生态佳作频现,文学体裁多种多样,包括诗歌、散文、小说、剧作、报告文学等。如沙青的《北京失去平衡》、徐刚的《伐木者,醒来!》、王治安的《人类生存三部曲》、郭雪波的《沙狼》、杜光辉的《哦,我的可可西里》、姜戎的《狼图腾》等文学作品,都曾被作为生态批评的分析研究对象。中国生态批评不是孤立存在的,它以深刻的文化反思意识和直面生态现实的勇气与当前我国百花齐放的生态文艺学、生态美学理论与生态文学创作形成良性互动。生态批评"对现当代文学作品的研究,既有创作流派、作家创作的宏观审视与把握,也有单篇作品的深入分析与解读"②。生态批评不仅关注文学艺术在生态文明时代有何作为的问题,也重视文艺通过生态批评如何促进自身发展和内部完善的问题。

胡志红将姜戎的《狼图腾》和美国自然书写经典作家奥尔多·利奥波德的《沙乡年鉴》进行了对比考察,分析狼形象和生态伦理在两部作品中的表达,从多个方面揭示两者的契合与差异之处。如

---

① Scott Slovic, "New Developments in Chinese Ecocriticism: Toward a Global Environmental Dialogue",《外国文学研究》2020 年第 1 期。
② 王喜绒等:《生态批评视域下的中国现当代文学》,中国社会科学出版社 2009 年版,第 43 页。

《狼图腾》呈现出"生物狼"与"文化狼"的合一以及蒙古族"天兽人草合一"的传统文化取向；《沙乡年鉴》描写"生物狼"，立足科学生态学的生态学取向，等等。① 这种基于中西互鉴的比较文学视野分析，促使人们关注中西不同文本之间的生态契合性和生态异质性。

雷鸣在《论生态批评的阐释方法——以新世纪中国小说为例》一文中，以京夫的《鹿鸣》、陈应松的《松鸦为什么鸣叫》、孙正连的《洪荒》、赵剑平的《獭祭》、张抗抗的《沙暴》等作品为分析对象，"批判以欲望为表征的人类主体性"；又以艾芜的《百炼成钢》、草明的《乘风破浪》、张炜的《九月寓言》、漠月的《青草如玉》、刘庆邦的《红煤》、王华的《桥溪庄》等作品为分析对象，"反思现代化的发展范式"；再以杨志军的《环湖崩溃》、郭雪波的《沙狐》、红柯的《雪鸟》、季栋梁的《老人与森林》、叶楠的《背弃山野》、杜光辉的《哦，我的可可西里》、叶光芩的《熊猫"碎货"》、迟子建的《额尔古纳河右岸》等作品为分析对象，呈现"自然返魅与敬畏之心"；最后以张炜的《家族》、陈继明的《一棵树》、迟子建的《微风入林》、方英文的《后花园》、方敏的《孔雀湖》、张泽忠的《山乡笔记》等作品为分析对象，"形塑新型的'生态人'"。② 这篇文章提供了众多的生态批评文本素材，其系统性的分类阐释清晰表明了这些小说的生态属性。

---

① 胡志红：《简论〈沙乡年鉴〉和〈狼图腾〉中的狼书写及其环境伦理建构：跨文明生态对话与互鉴》，《中外文化与文论》（第54辑）2023年第2期。
② 雷鸣：《论生态批评的阐释方法——以新世纪中国小说为例》，《中国文学批评》2020年第4期。

越来越多的学者使用生态批评策略分析当代中国文学，中国的生态批评不仅是停留在纸面上的文学理论，它还立足"生存与发展"，也强调对环境危机和生态退化的实际作用，提倡对生态审美和绿色观念的培育，因而具有相当程度的实践意义。在此基础上，中国生态批评的理论体系立足于民族特色，在本土实际和历史传承中生成发展，传达中国声音，并最终汇入世界生态批评的洪流之中，为世界生态批评做出重要且独特的贡献。这种学术期望和理论前瞻性应当始终贯穿于构建我国系统的、深刻的生态批评理论的过程中，以此来实现生态批评的双向交流，那就是，世界的优秀生态批评研究经过译介传播进入中国，中国特色的生态批评理论、实践以及优秀的生态文学艺术作品也走向世界。

再次，我国少数民族文化和地域文化中生态意识的传承和发掘，连同少数民族生态文艺作品的创作和传播，一起推动具有中国特色的生态批评体系构建。少数民族文化中的众生平等观、万物有灵论等滋养出了一些生态文学佳作。"少数民族文学研究中生态批评的实践主要从20世纪90年代中期开始。"[①] 在很多少数民族的民族记忆、民族历史和民族文艺作品中，都有一定的生态意识和生态脉络。生态批评面向史诗、歌谣、神话等多种形式，以口传文学艺术、民间文学和少数民族作家的文艺创作等为研究对象，解读分析其中蕴含的生态思想和生态伦理观念，开辟出少数民族文艺的生态批评研究领域。很多生态文学作家出于自身经历和生活体验，对特定地域有

---

① 王植：《方法与问题：当代民族文学生态批评史述》，《内蒙古社会科学（汉文版）》2018年第3期。

着独特的人生感受与深厚的眷恋情怀，因而创作出具有强烈民族或地域色彩的生态文学作品，正如大兴安岭之于迟子建、阿勒泰之于李娟、川藏地区之于阿来、内蒙古之于姜戎。沉淀于少数民族文艺作品中的人与自然和谐共生的生态思想和主体实践，经由生态批评的考察阐释，显露出民族文学及文化的自然之维和人文关怀。在生态文明建设的时代氛围中，生态文学创作得到空前的时代机遇和助力。生命共同体理念的提出，进一步为生态文学创作明确了和谐统一、多元共生的生态整体主义路径。

不仅少数民族文学作品具有明显的生态意识，少数民族电影在生态批评视角下同样具有鲜明的生态意蕴。"在我国，少数民族族群往往聚居于地理版图的边地之处，高度依赖自然地理环境，与生态环境有着唇齿相依、休戚与共的紧密关系。在与自然环境长期相处的过程中，万物有灵、尊重自然已经内化到少数民族的日常生活与文化基因中。"[1] 贾学妮通过分析《阿娜依》《婼玛的十七岁》《永生羊》《德吉德》《长调》等影片，揭示出原生态电影所表现的少数民族景观能够重构人们对"诗意地栖居"的向往，而且少数民族题材电影将"打破人类中心主义思想，重视自然万物内在价值"作为自觉的文化追求，因此"极大拓宽了中国电影生态的视野与文化的多样性，而其深层话语是对少数民族族群赖以生存的家园的守护与自我本真实现的追求"[2]。

---

[1] 贾学妮：《自然写作、主体间性与家园意识——生态批评视域下的少数民族题材电影》，《当代电影》2019 年第 11 期。
[2] 贾学妮：《自然写作、主体间性与家园意识——生态批评视域下的少数民族题材电影》，《当代电影》2019 年第 11 期。

最后，西方生态批评的理论及其实践研究展现的生态意识对我国生态批评产生了深刻的影响。18世纪英国的吉尔伯特·怀特凭借其《塞尔伯恩博物志》开创了自然文学的先河，之后英国浪漫主义和美国超验主义流派的重要作家也表露出明晰的热爱自然、诗意生活的写作倾向。威廉·华兹华斯的《抒情歌谣集》（Lyrical Ballads）、亨利·戴维·梭罗的《瓦尔登湖》以及蕾切尔·卡森被视为"环保运动里程碑"的《寂静的春天》等作品已成为全球范围内的生态文学名著。大地伦理、动物权利论、同心圆模式等伦理思想也直接影响到生态文学的伦理向度。此外，研究生态文学的理论方法——生态批评，从1978年在美国诞生，至今经历了四次浪潮的沿革，为建设具有我国本土特色的生态批评提供了参照和借鉴，深化了生态文学理论体系的建构。但我国的生态批评体系对照西方理论来源，应秉持批判吸收、辩证借鉴的态度，不能简单照搬与援引，而是在生命共同体思想的指导下，立足中国国情，发扬万物一体的生态整体主义思想，消除二元思维，采取人与自然和谐一体的中和立场。

中国古代文论虽然具有丰富的生态思想和智慧，但总体上缺乏系统的理论架构和严密的逻辑体系，所以与西方生态批评进行有效对话尚且任重道远。而西方生态批评虽然起步早、系统性强，但其理论架构终究不是面向中国式环境现实与中国式问题成因的，反映出东西方巨大的文化和社会差异，因而具有不同的话语内涵。构建中国特色的生态批评理论体系，一方面，国内的生态批评要系统地、批判地学习参照西方生态批评的理论与方法，面对整体上较为先进的西方学术研究体系，扬长避短；另一方面，我国具有本土特色的古典生态思想和传统文化可以为生态批评研究开辟新颖的研究空间，提供强大的理论资源，我们需要继承这些理论资源，发扬其优势和特色，积极推行与西方生态批评的交流与对话，在生态意识和生态智慧的指导下积极促进生态实践。目前学界的中国生态批评具有以下两种发扬本土特色的模式：

> 一是在后现代语境下通过探讨生态批评所依存的生态学理论、存在论哲学、生态现象学、马克思主义理论以及美学理论传统等，来阐释生态批评的范畴、价值观、批评实践等具体问题，从而建构超越传统文学批评，也区别于西方的中国生态批评范式；二是通过研究和探讨中国传统文化中的生态思想，尝试提出新的生态批评论题，在中西生态批评的比较视域下，主张一种具有中国特色的生态批评话语。更进一步说，中国生态批评总体上趋向于强调理论的自主性和创新意识，其研究路径可以化繁为简地描述为"西学转化""古为今用"两个方面。[①]

我国学者在此前相当一段时间里已经意识到了构建生态批评及其相关理论研究体系的紧迫性和必要性，在生态批评、生态美学、生态文艺学等学科建设上奋力开拓。在当前的全球化时代中，现代性进程空前加速，人类及其家园面临现代性带来的一系列生态问题，

---

① 黄轶、杨高强：《方法和视域：中国当代生态批评理论构建研究》，《中州大学学报》2021年第5期。

灾难与危机频频出现。在自然资源枯竭、生态平衡被破坏、物质环境被污染的情形下，如何由文学想象推动生态保护实践，改善生存环境？如何经由生态批评理论来促进生态意识，通过文学导向推动人与自然关系的协调发展？这些都是生态批评学者始终关注、萦绕于心的问题。

结合中国古代生态思想并与西方当代生态批评理论交流互动，中国的生态批评是在中国语境里产生的，是与世界其他地区的生态批评和而不同的，甚至更广泛地说，生态批评本身不仅以生态整体主义为宗旨，也深受当代伦理学、社会学乃至环境史学等学科的影响，从许多思想资源中得到理论支撑。它是在与环境史、环境哲学等其他环境人文学科思想的交流互鉴与丰富对话中形成的。在生命共同体思想的视野中，无论是人、动物、植物，还是自然中的其他物质，都是生命共同体的组成部分，彼此之间呈现出一种主体对应其他主体的关系，也就是说，生命共同体思想以主体间性作为人与自然的关系基调。中国特色的生态批评通过中西对话、古今融合的路径来实现中国话语的独特建构，搭建具有中国特色的知识体系和理论话语。

自然的被认识、被感知、被保护无不经由人类，人类虽为自然代言，但并非万物的尺度，亦非凌驾于万物之上。作为生态系统的组成部分，人与自然有机联系，在包容差异的动态网络中与万物协同。在思想层面，生态批评试图消解人与自然的二元对立，代之以主体间性，强调依存、互动的关系性；在实践层面，生态批评力求破除人对自然的统治与支配，塑造保护自然、绿色发展的生活态度和方式。生态批评以生态整体主义为旨归,通过塑造宏大的生态观,从根本上反拨人类中心主义认知,推进生态实践。面对全球生态的普遍联系性与人类世之复杂现实,生态批评应继续引导生态整体观的价值导向,建构生生不息的文学体系以推进生态文明建设,努力开拓全球化生态视野并实现在地化生态图景。

生态批评以生态整体主义为旨归去探究文学、文化与物质环境之间的关系,一方面揭示反映在文学和文化之中的生态危机的思想根源,另一方面也关注文学与文化之中的生态审美与艺术呈现。生态批评学者在古代生态思想中汲取学术营养,在当今批评实践中受到理论激励。因此,生态批评在引入中国学界后,集批判性和创造性于一体,结合本土特色迅速成为最有前景和最前沿的批评方法之一。中国本土特色的生态批评体系是立足于中国生态环境的现实问题、成因和状况而生发的理论话语,它依靠多元性的本土学术资源、思想来源和文化根基,借助生态整体思想、生态伦理观念与生态审美意识形成的合流,推进具有中国特色的、具有创见性和前瞻性、充满学术生长力和实践影响力的生态话语的建构。

第三节　构建中国特色的生态批评体系:
理论意义与实践价值

构建中国特色的生态批评体系,无论在问题意识、生态思想,还是在伦理倾向和审美导向上,对于中国的文学理论以及生态文明建设都有重要的理论意义和实践价值,有助于实现生命共同体思想在本土语境中的落实。

首先,从问题意识来看,生态批评是在忧心生态环境不断恶化、生态危机带来灾难性后果而关注文学与文化何为的问题意识中诞生的。这种问题意识贯穿于生态批评的发展进程中。"生态批评还不能由单一的方法论或理论维系,而是由'环境问题'这个共同的'焦点'所联结。"① 但是,西方国家有其自身的环境状况和具体国情,因而西方生态批评的首要任务是解决他们当下的、眼前的生态问题,比如环境公正生态批评涉及的弱势性别、种族所承担的不成比例的环境危害。各个国家和地区有自己独特的环境历史与环境现状,因而西方生态批评的问题意识或许对其他国家和地区有借鉴意义,但适合当地的生态批评必然是具有本土独特性的,需要结合本土的具体生态特色、生态现状去以充满问题意识的眼光发展、反思、推进生态批评的功能与价值。

构建中国特色的生态批评,要求我们根据中国具体的国情、具体的环境状况、具体的生态目标,来思考如何应对我国各种现实的生态问题,以充满问题意识的眼光去重新反思文学的本质、功能与价值。思考如何以文学理论带动生态实践,如何与中国传统生态智慧对接形成文脉赓续,如何积极推进生态文明建设,如何以生态的文艺理论促进人与自然和谐发展的双赢局面,如何在生命共同体思想指导下建设美丽中国,等等,从而以问题意识为导向推进生态批评理论体系的建构。生态批评不仅以文学文本、电影电视、文化现象为研究对象,还可以作为一种思考方式,从生态学角度思考批评

---

① 胡志红:《西方生态批评研究》,中国社会科学出版社2006年版,第18页。

应当具有的文学观、方法论和价值观等方面的问题，全面阐释文学与文化甚至现实活动的生态内涵，促使原有的关于文学的理解与认知框架做出符合现时代中国、符合现时代文学理论的生态转型。

其次，从生态思想来看，生态批评作为文学与文化领域对全球性生态危机的综合回应，立足生态学与文艺学两大学科基石，同时又从众多相关学科中借鉴吸收相应的理论和思想，因而在理论背景上广泛连接了自然科学与人文科学。"从生态危机审视现代文明，我们可知现代文明最致命的欠缺就在于对大自然的整体性的忽视，以及对人的生命整体性的忽视。就大自然的整体性而言，大自然并不是机械的组合，而是一个硕大无朋的有机生命体，人仅是大自然中的寄居者。"[①] 人与自然是生命共同体的思想，恰是对于现代文明高速发展极度欠缺生态思想的回应，为生态文明和人文学科的生态转型提供了思想引导。在全球化语境下，生态思想的重要性一方面在于它具有普泛性的维系当代世界生态平衡和稳定的意义，例如肆虐全球的疫情，几乎每个人都必须面对；另一方面，还在于它同时具有在具体空间和地域的特殊性意义，如局部地区的污染治理、沙漠绿化等。生态思想的启蒙和普及仍然是非常值得重视以及非常有必要推行的基础工作。

构建具有中国特色的生态批评体系，要始终把生态思想的启迪和推广作为学科责任担当的一部分。生态思想的传播需要充分尊重我国生态问题在地方现状、历史背景等方面所呈现的与其他国家的差异之处，始终关注当代中国社会最具迫切性、最具焦点性、最具

---

① 汪树东：《生态意识与中国当代文学》，中国社会科学出版社2008年版，第11页。

现实性的生态问题。以生态思想扎根文学与文化研究，秉持理论上高度自觉的"中国话语"意识，针对生态问题的中国式成因和中国式现实，向外辐射对生态、人民、国家严谨负责的态度、立场和思想，中国生态批评体系当为生态文明建设贡献积极而坚定的力量。当前，"生态批评的'中国话语'可以一分为二，一方面是它面对生态环境问题的'中国式现实'和'中国式成因'，另一方面是生态批评理论在中西对话中复杂而又独特的学术资源、思想倾向和文化根基。反过来讲，也正是由于和西方不同的'中国话语'内涵，使得生态批评在中国形成了不少可以视为'原生性''创见性'的理论构建特点"[1]。而为了建设好中国特色的生态批评，我们既要加强中国生态批评在国际上的交流与对话，又要对中国传统生态思想进行合理的扬弃和转化，结合生命共同体思想积极求索，发展生态批评，在生态批评中探究具体文本和现象的生命共同体思想的正面积极或者负面消极的表达，宣扬提倡生命共同体思想。简单地说，就是从生命共同体思想中来，到生命共同体思想中去，形成良好的互动循环。

再次，从伦理倾向来看，生态批评将生态伦理和人文精神集于一身，共同体思想更是将自由、平等、博爱的人文情怀延伸到对待非人类和自然的态度上，对非人类生命生存权利的正视，以及对自然内在价值的尊重，叠加在生态批评的伦理倾向中，极大地突破了叙事文本里人类中心主义的话语约束和对非人类的话语挟裹。文学

---

[1] 黄轶、杨高强：《方法和视域：中国当代生态批评理论构建研究》，《中州大学学报》2021年第5期。

拥有独具特色的想象的优势，相对于政治、历史、法律等学科的现实性架构来说，由于现实原因而受到局限、无法宣扬推进的伦理立场，在文学的想象世界中却充满了实现的种种可能。生态批评构建的话语体系通过文学语境更容易发挥文学的理想性对人类的启蒙与教化作用，从而构筑伦理的想象空间，加强生态伦理引导。

"站在生态批评视角，麦克尤恩、阿特伍德、德里罗等作家开始在其作品中具象化地表现出对人类科学技术性问题的担忧与恐惧，并在想象中赋予其危险性。"[1] 伴随着科学技术日新月异的发展，充满对人工智能、生物工程、基因重组等要素自由想象的科幻作品也越来越多地成为生态批评研究的对象，文学文本所反映的对技术性问题的忧心与焦虑导向对人类生存意义和生命价值的伦理思考。在生态批评的理论框架内，自然连同其成员构成的生命共同体的每一部分都成为伦理关怀的对象，动物权利、种际公正等伦理命题进入生态批评的考察视野。生态批评面对科技与生态的冲突，呼吁生态伦理的生成和运用。生态批评不仅要塑造人与自然之间的和谐关系，而且要重视人与技术之间呈现的关系，因为技术现实往往与利用自然和获取资源有关。

鲁枢元认为："仅从文学理论批评的角度看，生态批评是继女性批评、后殖民批评之后，在20世纪80年代以来渐渐形成的又一个批评派别。但如果透过'人类文明知识系统'大转移这一宏观背景看，生态批评将负载着更多的时代精神与社会责任。"[2] 生态批评采用什

---

[1] 李汶珈、霍士富：《生态文学批评中的科技伦理问题研究——从石黑一雄的"科幻两部曲"谈起》，《江西社会科学》2025年第2期。
[2] 鲁枢元：《生态批评的空间》，华东师范大学出版社2006年版，前言第1—2页。

么样的科技伦理观剖析作品的问题,其实就是生态批评通过分析文学作品实现什么样的生态文明时代伦理教化功能的问题。中国特色的生态批评应当依靠生态伦理来促进民众深刻思考人类的当下生存处境和生命共同体的未来,呼吁人类与非人和谐共生,共建生态美好的社会和世界。

最后,从审美导向来看,生态批评倡导的是一种生态审美的视野,也有利于我国生态美育的开展。生态批评的发展进程中,对于文学文本和文化现象的过度倚重使其涉嫌忽视文学的审美维度,对此,程相占提出了"生态文学性(ecoliterariness)"的概念,考虑将生态美学作为生态批评的理论基础来为生态批评奠定哲学根基。① 以庄子的"天地大美"传统自然观为核心来进行生态审美体验,不失为生态批评可以借鉴的中国特色生态审美方式,"从生态美学的角度来看,生态文学当然是一种重要的审美对象类型,生态文学性是生态文学审美品质的总和。对于生态作家来说,最终目标是提高生态文学的审美品质;对于生态批评家来说,主要任务则在于研究生态文学的审美品质并对其进行哲学层面的分析"②。中国特色的生态批评完全可以借鉴生态美学强调的主体间性哲学概念,不再将人与非人的关系当作主体与客体的关系,而是一个主体与另一个主体的关系,这样的主体间性视角对落实生态整体主义、实现生命共同体各个组成部分的平等共生具有特别积极的意义,生态批评基于主体

---

① 参见程相占、刘夕琛:《生态美学:直面生态危机的关怀美学——程相占教授访谈》,《中外文化与文论》(第51辑)2021年第4期。

② Cheng Xiangzhan, "Ecoaesthetics and Ecocriticism", *Interdisciplinary Studies in Literature and Environment*, Vol. 17.4 (Autumn 2010), pp. 787-788.

间性的立场将会开展多向度的学术研究。

生态批评不仅与生态美学互鉴观照，而且对我国当下的生态美育也能起到积极的辅助作用。曾繁仁倡导当代美育研究的生态转型，认为"只有实现这样的转型才能使得美育真正起到'培根铸魂'的作用，即培生态文明时代之根，铸生态文明时代之魂。只有这样，美育才能在面对生态灾难时发挥出'生态救赎'的作用"[①]。生态美育是生态文明时代的要求，是提高公民生态审美素养、培养"生态公民"的重要途径。生态批评对文学或文化的生态阐释解读可以激发人们对自然的依恋之情，唤起保护生态环境的责任意识，加强对于人与自然是生命共同体的深刻认识，把对自然的情感从基于人类中心转为基于生态共生，激发人们采用绿色简约的生活方式，形成关注全球生态的宏大视野。从生态批评的这些影响来看，它能够切实助力生态美育，为塑造生态文明建设大潮中的"生态公民"提供精神支持。

如前所述，生态批评具有以生态整体主义为旨归，朝向生命共同体理论核心发展的学科特色。生态批评在发展过程中逐步走向成熟，其研究范围不仅包括文学文本、艺术作品，还进一步延伸至形形色色的文化现象。深化中国特色生态批评体系的理论研究，达成生态文艺理论对生态文明建设的积极贡献，实现理论到实践的转化，其未来之路应该综合围绕以下几个方面展开：

第一个方面是要继续加强生态批评的本土化特色，从我国生态批评研究的理论和实践状况出发，结合我国学界对中国古典文学和

---

① 曾繁仁：《关于当代美育的生态转型》，《美育学刊》2020年第5期。

现当代文学的生态批评研究，协同我国生态文艺学、生态美学，以及国外生态文学研究、生态批评译介和应用等方面的发展，持续深耕生态批评的理论创建、国外成果译介与文学批评实践。第二个方面是积极吸收相关环境人文学科的有益理论与成果，如生态哲学、生态伦理学、生态叙事学、文学地理学、环境历史学等，这些相关学科中的一些理论及视角对生态批评的进一步深化有借鉴意义，但是生态批评要批判地吸收，并切实地转化，以防止学术领域过度扩张而失却本学科核心领地的潜在风险。第三个方面是呼应生态文明建设的时代要求，积极运用生态批评的理论与实践成果，大力提高国民的生态文学修养和生态审美素质，例如开设生态文艺和生态审美的通识课程，提升生态综合素养，又如在图书馆或美术馆等适当场所，对生态文学艺术作品大力宣传，促进国民的生态意识从理论、文本到生态保护行动的转化。第四个方面是大力倡导支持生态文学艺术作品的创作，推动生态文学艺术成果的传播，在媒体开设生态文学艺术研究及创作的专栏，更广泛地举办以生态文学、生态文化为主题的会议和活动，营造生态的文艺氛围，更大规模地获取社会及民众的支持和参与，从而开辟中国立场、中国特色、中国话语的生态批评围绕生命共同体思想进行的实践路径。这将助力中国生态批评实现跨国对话，并为世界生态批评贡献独特的中国视角。

结　语

　　生态批评是一种汇集多样性文本和杂糅性方法的批评方式，它围绕着从文学批评入手构建生命共同体的学术立意，坚定地"以生态学为科学基础，以生态关怀为价值导向，以文学与环境的关系为研究焦点，旨在发掘文学作品中所隐含的生态思想主题，试图让文学发挥拯救生态危机的功能，探讨生态意识对于文学艺术的影响"①。生态批评产生的直接原因是我们生存的这个地球面临日趋严重的生态危机，种种困境与风险引发了学界忧心忡忡的反思自省。关心地球和人类未来的文学研究者怀着迫切心情与忧患意识找到了这个联系文学与环境的学术研究方向，探索出这种新型的文学批评方式，开启了将文学研究绿色化的学术之旅。

　　20世纪70年代，生态批评在美、英两国开始萌芽，目前已传播至世界各地。从1978年创立至今，经过以"生态中心主义""环境

---

① 程相占等：《生态批评理论研究》，第1页。

公正""跨文化"与"新物质主义"为关键词的四次浪潮的发展，生态批评的研究对象、研究主题、研究方法和认识论的立场等范围明显扩大，理论更有深度，与诸多的学科领域产生了联系和协同。如果说在这四次浪潮中，尽管生态批评涉猎庞杂，但仍可以用一个关键词来概括其主流趋势的话，在第四次浪潮即物质生态批评波段之后，生态批评的发展更加多元化，时至当下，其发展情状百花齐放，却很难如同以往那般能够找到一个代表性术语来总结生态批评后续浪潮的主流趋势了。当然，生态批评的学术发展综合了文学创作、生态知识、环境伦理、生态审美、环境史学、生态政治学等众多学科发展的多重影响，在或远或近的外在作用和不同侧重的内部反思叠加之下，自然而然地引起自身的修正与演进，这门学科如今的繁荣发展是不断创新、不断深入的水到渠成的结果。

对于生态批评的定义，许多学者表述了自己的见解，例如"生态批评是关于文学与物质环境关系的研究"与"生态批评运用一种以地球为中心的方法研究文学"[①]，以及"在致力于环境保护实践精神的指引下，对文学与环境之间关系进行的研究"[②]，等等。仔细观察就会发现，这些定义虽然力求阐明生态批评的性质、任务等，但无论在批评方法上还是理论定位上都不算十分严格，大多是一种稍显宽泛的描述性界定。然而，结合生态批评发展的具体语境来说，生态批评从发展之初就没有遵循一套单一的方法论或者是建立于一

[①] Cheryll Glotfelty, "Introduction: Literary Studies in an Age of Environmental Crisis", in *The Ecocriticism Reader: Landmarks in Literary Ecology*, Cheryll Glofelty & Harold Fromm (eds.), p. xviii.

[②] Lawrence Buell, *The Environmental Imagination: Thoreau, Nature Writing, and the Formation of American Culture*, p. 430.

套固定的理论体系之上，所以在定义上也确实无法做到严密的规定。

之所以出现这种情况，一方面是由于生态批评自身在发展初期对理论的不够重视，一些学者忽视甚至抵触理论发展，"目的是防止理论对于生态批评实践的干预"，然而，"随着生态批评的广泛展开，学术界开始意识到回避理论的消极后果——生态批评没有形成相对稳定而被普遍接受的研究范式，内容浮泛而芜杂"[1]，这也为很多学者所诟病，认为框架过于多元化而缺少一套基本的理论原则，或一种清晰独特的批评方法，非常不利于生态批评的纵深发展。另一方面是由于，随着生态批评的发展，其跨学科性越发明显，它不仅涉及生态哲学、环境伦理学、人文地理学、生态叙事学等各种学科理论，而且与女性主义批评、后殖民批评、少数族裔批评等研究偶有交叠，无论在理论整合还是学科知识方面，它不可避免地与相关和相邻学科产生互动与连接，多方援引理论资源作为解析工具，借用并融合文化、文学和科学研究领域的不同理论方法，弥补理论方面的缺失。所以在以生态系统的整体利益为最高价值、以人与自然和谐共生为最高理想的总体指导性框架中，生态批评很难依附于一套具体明确的理论体系，其方法和理论呈现出多元性、交叉性、不确定性在所难免。

但是同时，从辩证思维的角度来看，事物的发展都有一体两面性，生态批评的这种多元性、交叉性、不确定性也是它的优势所在，即"多学科的涵盖和包容、多种事物的关联、对思想变革的提倡、对人与环境关系现实的关注、对伦理立场的坚持，正是生态批评理

---

[1] 程相占等：《生态批评理论研究》，第27页。

论与实践的共有特征"①，在这种纲举目张的总体要领之下，生态批评并不拘泥于单一的研究视野和研究范畴，它的包容开放性赋予了它应时而动、与时俱进的学科特色，跨学科是生态批评非常明显的表征。与其他相关学科，尤其是环境人文研究中其他学科的关联为其提供了极其广阔的视野，这正是生态批评蓬勃发展的重要原因。不同国家和地区学者的陆续加入，壮大了生态批评研究的队伍，学者们各自不同的学术背景、学术偏好和学术思想，为生态批评的发展注入了源源不绝且新意不断的生机与活力。

对于生态批评的这种多方向的发展轨迹，瑟皮尔·奥普曼用"块茎轨迹"来形容，这是他从吉尔·德勒兹（Gilles Deleuze）和菲利克斯·加塔利（Félix Guattari）所著的《千高原》（A Thousand Plateaus）中受到启发而对生态批评发展路径、轨迹特征做出的一种概括性描述。"生态批评的发展并非随意而为，也不是模棱两可地开放，而是具有块茎性的本质，它以这种方式在各种不同的学术思潮中传播。块茎这一隐喻为生态批评作为一种多面的话语形式的发展开辟了一个新的文化和文学空间，使其多声部的特质不再被视为学科危机的表现，而是被视作一种有意识培养的块茎式活动。"②

"块茎"是一种由多个节点组成的复杂结构，这些节点之间可以自由地连接和分离，所以块茎拥有通过节点连为一体的无数线条和路径。它不断地延伸、发展，朝四面八方散射开来，这个多元性结

---

① 刘蓓：《生态批评研究考评》，《文艺理论研究》2004年第2期。
② Serpil Oppermann, "The Rhizomatic Trajectory of Ecocriticism", Ecozon@: European Journal of Literature, Culture and Environment, Vol. 1.1 (2010), p. 19.

构中没有主体中心，没有僵化等级，没有固定界限，充满繁复流变的生成性。在生态批评中，"如果各种发展既不是由一个共同的对象也不是由一种单一的理论语言统一起来的，那么它们仍然可以被视为参与了一种共同的思想态度，尽管程度不同"，[1] 这种特征呈现出生态批评去除中心、去除等级、充满差异与联系而又貌似松散的结构体系，立体而多面，广袤而纷纭，其发展路径是多元化与复杂性交织的多重轨迹。

本书结合生态批评各次浪潮的关键词，对生态批评各个发展阶段中的生命共同体思想进行了梳理、考察与分析，呈现生命共同体思想丰富而又复杂的内涵。这有助于全面而深刻地把握生态批评的来龙去脉，客观认识和评价生态批评发展的样态和意义；有助于廓清一些概念框架，明晰生态批评的学术旨归，从而促进生态整体主义思想的传播和实践，为实现人与自然和谐共生提供有力的理论支持；有助于阐发生态批评的环境伦理意蕴和环境保护内涵，提炼出规律性、普适性的总结，为生态批评中国化的学科建设和理论发展提供参考。

总体来说，生态批评将人与自然万物视为同一个生命共同体的组成部分，植物、动物以至整个生态系统都有其不依附于人的价值尺度而存在的内在价值，整个生态系统协调互动、和谐共生。不管是有生命的个体，还是无生命的物质，都相互渗透、影响和交织在一起，共同形成生命共同体。生态批评以生态整体主义思想为中心，

---

[1] Serpil Oppermann, "The Rhizomatic Trajectory of Ecocriticism", *Ecozon@: European Journal of Literature, Culture and Environment*, Vol. 1.1 (2010), p. 18.

用历史的、辩证的、动态的、联系的观点来看待人与自然的关系，并将以往只在人类范畴内考虑的伦理推广至非人存在。人与自然构成一个整体，人类作为生命共同体的一部分，与"不仅是人类的世界"分享地球生态系统，互动、共生，这种思想是生态批评一直以来秉持的立场。生态批评的视角促使人们正确地认识自己在自然中的位置、人与其他物种的关系，以及人类面对生态危机可以发挥的作用，在关切生态、保护环境方面做到知行合一，促进全球生态可持续发展。

生态批评以文学与文化研究为立足点，以推动文学与环境的跨学科发展、促进环境保护运动为出发点，意图实现生命共同体的构建。它多次突破旧有思维模式，通过重写来对原有思维框架进行反思和修正，在话语体系中叠加并融合了自然、社会、文化和伦理因素，其文本范畴、研究视野和伦理关怀范围表现出不断扩大的趋向，且更贴近现实语境。生态批评想要达成的不仅是分析文本、解读世界的学术目的，更在于在文本与现实之间搭建桥梁，实现引领生态意识、发展生态现实的学术理想。可以预见的是，生态批评的未来发展将一如既往地充满挑战、超越和突破，也必定要经历复杂、多变、起伏的过程，在生命共同体思想的指导下，也必将萌生具有特色的新的学术生长点，产出丰硕的理论建构与学术实践成果。

参考文献

一、中文

蔡振兴：《互物性和跨身体性：鲍尔斯〈获利〉的政治生态学》，《中外文学》2017 年第 3 期。

程相占：《生生美学论集——从文艺美学到生态美学》，人民出版社 2012 年版。

程相占、刘夕琛：《生态美学：直面生态危机的关怀美学——程相占教授访谈》，《中外文化与文论》（第 51 辑）2021 年第 4 期。

程相占等：《生态批评理论研究》，人民出版社 2025 年版。

方红：《西方文论关键词：物质女权主义》，《外国文学》2017 年第 6 期。

范跃芬：《西方文论关键词：植物批评》，《外国文学》2024 年第 5 期。

郭耕：《保护生物多样性就是保护人类自己》，《光明日报》2016

年 6 月 10 日。

胡志红：《西方生态批评研究》，中国社会科学出版社 2006 年版。

胡志红：《西方生态批评史》，人民出版社 2015 年版。

胡志红：《〈道德经〉的西方生态旅行：得与失——比较文学视野》，《外语与外语教学》2017 年第 2 期。

胡志红、何新：《将生态批评写在广阔大地上——胡志红教授访谈》，《鄱阳湖学刊》2022 年第 2 期。

胡志红：《简论〈沙乡年鉴〉和〈狼图腾〉中的狼书写及其环境伦理建构：跨文明生态对话与互鉴》，《中外文化与文论》（第 54 辑）2023 年第 2 期。

黄轶、杨高强：《方法和视域：中国当代生态批评理论构建研究》，《中州大学学报》2021 年第 5 期。

贾学妮：《自然写作、主体间性与家园意识——生态批评视域下的少数民族题材电影》，《当代电影》2019 年第 11 期。

劳伦斯·布依尔、韦清琦：《打开中美生态批评的对话窗口——访劳伦斯·布依尔》，《文艺研究》2004 年第 1 期。

雷鸣：《论生态批评的阐释方法——以新世纪中国小说为例》，《中国文学批评》2020 年第 4 期。

李睿、殷企平：《"共同体"与外国文学研究——殷企平教授访谈录》，《复旦外国语言文学论丛》2021 年第 2 期。

李汶珈、霍士富：《生态文学批评中的科技伦理问题研究——从石黑一雄的"科幻两部曲"谈起》，《江西社会科学》2025 年第 2 期。

刘蓓：《生态批评研究考评》，《文艺理论研究》2004 年第 2 期。

刘娜、程相占：《生态批评中的环境公正视角》，《东岳论丛》2018 年第 11 期。

刘娜：《生态批评视野中的毒性话语》，《江西社会科学》2019 年第 7 期。

刘娜：《环境公正生态批评》，《外国文学》2022 年第 1 期。

刘娜：《生态文学：以生态整体主义为旨归的文学建构》，《中国社会科学报》2025 年 3 月 17 日。

鲁枢元：《生态批评的空间》，华东师范大学出版社 2006 年版。

苗兴伟：《生态文明视域下生命共同体的话语建构：基于〈人民日报〉生态报道的生态话语分析》，《北京第二外国语学院学报》2023 年第 3 期。

宋夏：《论罗尔斯顿的"生态整体论"》，《科学技术与辩证法》2002 年第 2 期。

王守仁：《历史与想象的结合——莫拉莱斯的英语小说创作》，《当代外国文学》2006 年第 2 期。

汪树东：《生态意识与中国当代文学》，中国社会科学出版社 2008 年版。

王喜绒等：《生态批评视域下的中国现当代文学》，中国社会科学出版社 2009 年版。

王野林：《生态整体主义中的整体性意蕴述评》，《学术探索》2016 年第 10 期。

王植：《方法与问题：当代民族文学生态批评史述》，《内蒙古社会科学（汉文版）》2018年第3期。

习近平：《在文艺工作座谈会上的讲话（2014年10月15日）》，人民出版社2015年版。

闫建华、方昉：《远方与沙乡：植物同情心的地理羁绊》，《鄱阳湖学刊》2022年第2期。

殷企平：《西方文论关键词：共同体》，《外国文学》2016年第2期。

曾繁仁：《关于当代美育的生态转型》，《美育学刊》2020年第5期。

张嘉如：《全球环境想象：中西生态批评实践》，江苏大学出版社2013年版。

赵宇彤：《他凝望车水马龙的城市后，转身走向荒野》，《中国科学报》2025年2月21日。

朱雪峰：《重组芝加哥：拉图尔行动者网络理论视阈下的〈克莱伯恩公园〉》，《外语教学》2017年第2期。

宋明炜：《重访〈寂静的春天〉》，2021年1月27日，见https：//wenhui.whb.cn/third/baidu/202101/27/389964.html。

二、中文译著

［奥］西格蒙德·弗洛伊德：《文明及其不满》，严志军、张沫译，浙江文艺出版社2019年版。

［加］玛格丽特·阿特伍德：《使女的故事》，陈小慰译，译林出版社2008年版。

［美］彼得·辛格：《动物解放》，祖述宪译，青岛出版社 2004 年版。

［美］段义孚：《空间与地方：经验的视角》，王志标译，中国人民大学出版社 2017 年版。

［美］段义孚：《恋地情结》，志丞、刘苏译，商务印书馆 2018 年版。

［美］亨利·戴维·梭罗：《瓦尔登湖》，苏福忠译，人民文学出版社 2008 年版。

［美］亨利·戴维·梭罗：《缅因森林》，任伟译，四川文艺出版社 2015 年版。

［美］霍尔姆斯·罗尔斯顿 III：《哲学走向荒野》，刘耳、叶平译，吉林人民出版社 2000 年版。

［美］加里·斯奈德：《禅定荒野》，陈登、谭琼琳译，广西师范大学出版社 2014 年版。

［美］劳伦斯·布伊尔：《环境批评的未来：环境危机与文学想象》，刘蓓译，北京大学出版社 2010 年版。

［英］雷蒙·威廉斯：《关键词：文化与社会的词汇》，刘建基译，生活·读书·新知三联书店 2005 年版。

［英］雷蒙·威廉斯：《乡村与城市》，韩子满、刘戈、徐珊珊译，商务印书馆 2013 年版。

［美］蕾切尔·卡森：《寂静的春天》，韩正译，商务印书馆 2017 年版。

［美］罗德里克·弗雷泽·纳什：《荒野与美国思想》，侯文蕙、

侯钧译，中国环境科学出版社 2012 年版。

［美］斯科特·斯洛维克：《什么是生态批评》，吴靓嫒译，赵俊海校，《云南师范大学学报（哲学社会科学版）》2015 年第 2 期。

［美］汤姆·雷根：《动物权利研究》，李曦译，北京大学出版社 2010 年版。

［美］唐娜·哈拉维：《类人猿、赛博格和女人：自然的重塑》，陈静译，河南大学出版社 2016 年版。

三、英文

Adamson, Joni & Scott Slovic, "The Shoulders We Stand on: An Introduction to Ethnicity and Ecocriticism", *MELUS*, Vol. 34. 2 (2009).

Adamson, Joni, William A. Gleason & David N. Pellow (eds.), *Keywords for Environmental Studies*, New York: New York University Press, 2016.

Adamson, Joni, Mei Mei Evans & Rachel Stein (eds.), *The Environmental Justice Reader: Politics, Poetics and Pedagogy*, Tucson: The University of Arizona Press, 2002.

Aguila-Way, Tania, "Beyond the Logic of Solidarity as Sameness: The Critique of Animal Instrumentalization in Margaret Atwood's *Surfacing* and Marian Engel's *Bear*", *Interdisciplinary Studies in Literature and Environment*, Vol. 23. 1 (2016).

Alaimo, Stacy, "Trans-corporeal Feminisms and the Ethical Space of Nature", in *Material Feminisms*, Stacy Alaimo & Susan Hekman (eds.),

Bloomington: Indiana University Press, 2008.

Alaimo, Stacy, "MCS Matters: Material Agency in the Science and Practices of Environmental Illness", *Topia: Canadian Journal of Cultural Studies*, 2009 (21).

Alaimo, Stacy, *Bodily Natures: Science, Environment, and the Material Self*, Bloomington and Indianapolis: Indiana University Press, 2010.

Barad, Karen, *Meeting the Universe Halfway: Quantum Physics and the Entanglement of Matter and Meaning*, London: Duke University Press, 2007.

Barbier, Edward B., Joanne C. Burgess & Carl Folke, *Paradise Lost? The Ecological Economics of Biodiversity*, London: Earthscan Publications, 1994.

Bennett, Michael & David W. Teague (eds.), *The Nature of Cities: Ecocriticism and Urban Environments*, Tucson: The University of Arizona Press, 1999.

Berg, Peter, "Watershed-Scaled Governments and Green Cities", *Land Use Policy*, 4.1 (Jan. 1987).

Bergthaller, Hannes, "Introduction: Ecocriticism and Environmental History", *Interdisciplinary Studies in Literature and Environment*, Vol. 22.1 (2015).

Bleakley, Alan, *The Animalizing Imagination: Totemism, Textuality and Ecocriticism*, New York: St. Martin's Press, 2000.

Buell, Lawrence, *The Environmental Imagination: Thoreau, Nature

Writing, and the Formation of American Culture, Cambridge, MA: Harvard University Press, 1995.

Buell, Lawrence, *The Future of Environmental Criticism: Environmental Crisis and Literary Imagination*, MA: Blackwell Publishing, 2005.

Buell, Lawrence, *Writing for an Endangered World: Literature, Culture, and Environment in the U.S. and Beyond*, Cambridge and London: Harvard University Press, 2009.

Cheng, Xiangzhan, "Ecoaesthetics and Ecocriticism", *Interdisciplinary Studies in Literature and Environment*, Vol. 17.4 (Autumn 2010).

Clark, Nigel, *Inhuman Nature: Sociable Life on a Dynamic Planet*, Los Angeles: Sage, 2011.

Clark, Timothy, *Ecocriticism on the Edge: The Anthropocene as a Threshold Concept*, London: Bloomsbury, 2015.

Clark, Timothy, *The Value of Ecocriticism*, New York: Cambridge University Press, 2019.

Cole, Luke W. & Sheila R. Foster, *From the Ground Up: Environmental Racism and the Rise of the Environmental Justice Movement*, New York and London: New York University Press, 2001.

Corcoran, Peter Blaze & A. James Wohlpart (eds.), *A Voice for Earth: American Writers Respond to the Earth Charter*, Athens: University of Georgia Press, 2008.

DeLoughrey, Elizabeth M., *Allegories of the Anthropocene*, Durham: Duke University Press, 2019.

Dobrin, Sidney I., *Blue Ecocriticism and the Oceanic Imperative*, New York: Routledge, 2021.

Eastmond, Jasmyne, "The Limits of Planet earth: Octopus Kinship on a Terra-Aquatic Planet", *Green Letters: Studies in Ecocriticism*, Vol. 27.4 (2023).

Filipova, Lenka, *Ecocriticism and the Sense of Place*, New York: Routledge, 2022.

Garrard, Greg, "Introduction", in *The Oxford Handbook of Ecocriticism*, Greg Garrard (ed.), New York: Oxford University Press, 2014.

Garrard, Greg, *Ecocriticism*, London and New York: Routledge, 2011.

Garrard, Greg, *Ecocriticism*, New York: Routledge, 2023.

Gifford, Terry, *Pastoral*, New York: Routledge, 1999.

Gifford, Terry, "Pastoral, Anti-Pastoral, and Post-Pastoral", in *The Cambridge Companion to Literature and the Environment*, Louise Westling (ed.), New York: Cambridge University Press, 2014.

Glotfelty, Cheryll & Harold Fromm (eds.), *The Ecocriticism Reader: Landmarks in Literary Ecology*, Athens: The University of Georgia Press, 1996.

Glotfelty, Cheryll & Eve Quesnel (eds.), *The Biosphere and the Bioregion: Essential Writings of Peter Berg*, New York: Routledge, 2015.

Hall, Dewey W., "Introduction: The Matter of Place-Consciousness", in *Victorian Ecocriticism: The Politics of Place and Early Environmental Justice*, Dewey W. Hall (ed.), Lanham: Lexington Books, 2017.

Heise, Ursula K., "The Hitchhiker's Guide to Ecocriticism", *PMLA*, Vol. 121. 2 (2006).

Heise, Ursula K., *Sense of Place and Sense of Planet: The Environmental Imagination of the Global*, New York: Oxford University Press, 2008.

Heise, Ursula K., *Imagining Extinction: The Cultural Meanings of Endangered Species*, Chicago: The University of Chicago Press, 2016.

Herrera-Sobek, Maria, "Epidemics, Epistemophilia, and Racism: Ecological Literary Criticism and *The Rag Doll Plagues*", *Bilingual Review*, 1995 (3).

Huggan, Graham & Helen Tiffin, *Postcolonial Ecocriticism: Literature, Animals, Environment*, New York: Routledge, 2015.

Hughes, J. Donald, *An Environmental History of the World: Humankind's Changing Role in the Community of Life*, New York: Routledge, 2001.

Iovino, Serenella & Serpil Oppermann, "Theorizing Material Ecocriticism: A Diptych", *Interdisciplinary Studies in Literature and Environment*, Vol. 19. 3 (Summer 2012).

Iovino, Serenella & Serpil Oppermann (eds.), *Material Ecocriticism*, Bloomington and Indianapolis: Indiana University Press, 2014.

Kidner, David W., "Why 'Anthropocentrism' Is Not Anthropocentric", *Dialectical Anthropology*, Vol. 38 (2014).

Latour, Bruno, *Pandora's Hope: Essays on the Reality of Science Studies*, Cambridge: Harvard University Press, 1999.

Latour, Bruno, *Reassembling the Social: An Introduction to Actor-*

Network-Theory, New York: Oxford University Press, 2005.

Leopold, Aldo, *A Sand County Almanac*, New York: Ballantine, 1970.

Leopold, Aldo, *A Sand County Almanac*, New York: Oxford University Press, 2020.

Mahood, M. M., *The Poet as Botanist*, New York: Cambridge University Press, 2008.

Marder, Michael, *Plant-Thinking: A Philosophy of Vegetal Life*, New York: Columbia University Press, 2013.

Marland, Pippa, "Ecocriticism", *Literature Compass*, Vol. 10. 11 (November 2013).

Mazel, David, "Introduction", in *A Century of Early Ecocriticism*, David Mazel (ed.), Athens: University of Georgia Press, 2001.

McGinnis, Michael Vincent (ed.), *Bioregionalism*, New York: Routledge, 1999.

Mentz, Steve, *An Introduction to the Blue Humanities*, New York: Routledge, 2024.

Minter, Peter, "Transcultural Ecopoetics and Decoloniality", in *Transcultural Ecocriticism: Global, Romantic and Decolonial Perspectives*, Stuart Cooke & Peter Denney (eds.), London: Bloomsbury, 2021.

Morales, Alejandro, *The Rag Doll Plagues*, Houston: Arte Publico Press, 1992.

Nichols, Ashton, "Thoreau and Urbanature: From Walden to Ecocriticism", *Neohelicon*, 36. 2 (2009).

Nixon, Rob, *Slow Violence and the Environmentalism of the Poor*, Cambridge and London: Harvard University Press, 2011.

Oppermann, Serpil, "The Rhizomatic Trajectory of Ecocriticism", *Ecozon@: European Journal of Literature, Culture and Environment*, Vol. 1. 1 (2010).

Oppermann, Serpil, *Ecologies of a Storied Planet in the Anthropocene*, Morgantown: West Virginia University Press, 2023.

Paul, Abhra & Amarjeet Nayak, "Bioregionalism and Biocultural Region: Reconceptualizing the Human–Environment–Place Interrelationships Beyond the Culture/Nature Dichotomy", in *Eco-Concepts: Critical Reflections in Emerging Ecocritical Theory and Ecological Thought*, Cenk Tan & ismail Serdar Altaç (eds.), Lanham: Lexington Books, 2024.

Raban, Jonathan (ed.), *The Oxford Book of the Sea*, Oxford: Oxford University Press, 2001.

Robles, Mario Ortiz, *Literature and Animal Studies*, New York: Routledge, 2016.

Ryan, John Charles, "Humanity's Bioregional Places: Linking Space, Aesthetics, and the Ethics of Reinhabitation", *Humanities*, 1. 1 (2012).

Ryan, John Charles, *Plants in Contemporary Poetry: Ecocriticism and the Botanical Imagination*, New York: Routledge, 2018.

Sack, Robert David, *Homo Geographicus: A Framework for Action, Awareness, and Moral Concern*, Baltimore: Johns Hopkins University Press, 1997.

Sales, Roger, *English Literature in History* 1780-1830: *Pastoral and Politics*, London: Hutchinson, 1983.

Slovic, Scott, "The Third Wave of Ecocriticism: North American Reflections on the Current Phase of the Discipline", *Ecozon@ : European Journal of Literature, Culture and Environment*, Vol. 1. 1 (2010).

Slovic, Scott, "Editor's Note", *Interdisciplinary Studies in Literature and Environment*, Vol. 19. 4 (2012).

Slovic, Scott, "New Developments in Chinese Ecocriticism: Toward a Global Environmental Dialogue", 《外国文学研究》2020 年第 1 期。

Soper, Kate, *What Is Nature?: Culture, Politics and the Non-Human*, Oxford and Cambridge: Wiley-Blackwell, 1995.

Soper, Kate, "The Idea of Nature", in *The Green Studies Reader: From Romanticism to Ecocriticism*, Laurence Coupe (ed.), New York: Routledge, 2000.

Sullivan, Heather I., "Dirt Theory and Material Ecocriticism", *Interdisciplinary Studies in Literature and Environment*, Vol. 19. 3 (Summer 2012).

Tag, Stan, "Forest Life and Forest Trees: Thoreau and John S. Springer in the Maine Woods", *Interdisciplinary Studies in Literature and Environment*, Vol. 2. 1 (1994).

Tönnies, Ferdinand, *Community and Civil Society*, Jose Harris & Margaret Hollis (Trans.), Cambridge: Cambridge University Press, 2001.

Vanderheiden, Steve, *Environmental Justice*, New York: Routledge, 2016.

Warren, James Perrin, *Thoreau's Botany: Thinking and Writing with Plants*, Charlottesville: University of Virginia Press, 2023.

Westling, Louise, "Thoreau's Ambivalence Toward Mother Nature", *Interdisciplinary Studies in Literature and Environment*, Volume 1.1, (1993).

Williams, Raymond, *Keywords: A Vocabulary of Culture and Society*, New York: Oxford University Press, 1985.

Wolfe, Cary, *Animal Rites: American Culture, the Discourse of Species, and Posthumanist Theory*, Chicago: The University of Chicago Press, 2003.

Wylie, Dan, "Kabbo's Challenge: Transculturation and the Question of a South African Ecocriticism", *Journal of Literary Studies*, Vol. 23.3 (2007).

Zapf, Hubert, *Literature as Cultural Ecology: Sustainable Texts*, London: Bloomsbury, 2016.